La noche de Morgana

La noche de Morgana

Jorge Eduardo Benavides

ALFAGUARA

© 2005, Jorge Eduardo Benavides
© De esta edición:
2005, Santillana Ediciones Generales, S. L.
Torrelaguna, 60. 28043 Madrid
Teléfono 91 744 90 60
Telefax 91 744 92 24
www.alfaguara.com

ISBN: 84-204-6734-0
Depósito legal: M. 1.140-2005
Impreso en España - Printed in Spain

Diseño:
Proyecto de Enric Satué

© Cubierta:
Ciuco Gutiérrez

Impreso en el mes de abril de 2005
en los Talleres Gráficos de Fernández Ciudad S. L.,
Madrid (España)

Índice

Para Anne Nystrøm, por los mejores años en Tenerife.

Tigre

A Ramona Vidal y Bernabé Fernández

La plazuela la descubrió de casualidad, a los pocos días de llegar a la isla, un miércoles bebido por la lluvia que iba entrando a goterones y como de soslayo sobre la ciudad, y que lo fue empujando casi a regañadientes a su departamento porque aún era temprano, aunque el sol bruscamente oculto por unos nubarrones cedió paso a esa oscuridad que presagiaba tormenta. Le había encantado la calle Castillo después de esa larga siesta que cerraba comercios y oficinas y que el fresco de la tarde iba desperezando despacio y sin urgencias. Cuando empezaron a caer las primeras gotas —unos goterones gruesos como lágrimas— Manrique miró rápidamente al cielo que empezaba a ceder ante ese avance de nubes color pizarra que un viento del noroeste traía sobre la isla. Decidió bajar por Méndez Núñez y cruzar el parque García Sanabria; a esa hora alelada y vespertina era agradable caminar bajo la telaraña entretejida por las copas de los árboles, mientras un enjambre de trinos desmentía la perfecta soledad del camino. Pero hoy sólo se escuchaba el crisparse de los árboles tras el barrido del viento que soplaba amagos de lluvia y hojas secas entre las bancas. Con algo de desencanto donde también apuntaba un inicio de fastidio, apuró el paso para alcanzar la rambla, protegiéndose con los árboles de un viento cruzado que le lanzaba la lluvia contra el rostro porque el chubasco, que había cesado un momento, volvió a desatarse, esta vez más decidido y casi con rencor, pensó Manrique cuando alcanzó con paso apurado la avenida Anaga: el mar se abría al fondo como un trazo azul y enérgico, y él se preguntó vagamente cómo se vería la isla desde aquella inmensidad líquida y siniestra bajo las nubes. Cómo habría visto el almirante Nelson esa isla, se interrogó Manrique recordando el dibujo implacable de aquel libro que relataba el ataque del marino inglés y que su padre leía para él y para su hermano con un prolijo énfasis de aventura, que era —como siempre les decía el viejo, encendiendo su Peterson larga y algo gastada— la mejor manera de entender la Historia.

La lluvia era molesta por indecisa, por la impertinencia de las gotas que lo tocaban como dedos fríos y que luego cesaban breve, burlonamente, para volver de nuevo con su hurgar de viento y agua contra la cara. Sin embargo no quería llegar al departamento y encender la radio y leer y coñac y la espera de la llamada desde Lima para enviar un tonto despacho a la emisora: la oscura muerte de un multimillonario británico cuyo cadáver desnudo fue encontrado flotando a la deriva, no lejos de Tenerife; la sensación mundial por las causas de aquella muerte, el canje publicitario de Iberia y la emisora donde trabajaba Manrique, las dos semanas en Canarias como enviado especial y casi de vacaciones, eso era todo, allí estaba.

Sin meditarlo demasiado decidió (o fue arrastrado por una inercia sin origen, no se supo explicar, se encogió de hombros) caminar frente al edificio donde vivía, observando distraídamente la fachada del club militar Paso Alto —un nombre que lo tiraba de a pocos a esas lecturas de primera juventud, hurgando detalles de aquella batalla inexplicablemente importante para él— y casi sin darse cuenta desembocó en la plazoleta que acechaba solitaria y como agazapada entre los árboles. No la había visto hasta entonces pese a que estaba justo, justo, frente al ventanal de su habitación y que le gustó desde el vamos porque tras los amplios ventanales se recibía, fragmentado por las copas de los árboles, el azul oscuro del Atlántico. Llevaba cinco días en Santa Cruz y nunca se le ocurrió cruzar la avenida y caminar por ahí; la plazuela estaba medio oculta, casi como un cambio de ritmo entre el club militar y un edificio universitario, y además, para qué, si Antena 3 Radio estaba en pleno centro de la ciudad, después de mostrar credenciales y pedir información sobre la muerte del británico le quedaba todo el día para recorrer las calles bulliciosas y angostas de Santa Cruz, beberse una caña en cualquier bar y de pronto abandonarse a esa repentina sensación, entre exultante y angustiosa, que lo sorprendía alevosamente en plena caminata: aquí estuvo Nelson, aquí la batalla, recordaba a su padre leyendo para Antonio pero sobre todo, estaba seguro, para él, para sus ojos líquidos y deslumbrados a los diez años, reclamado por la urgencia de saber más sobre Nelson, sobre el combate, el cañón Tigre que le destrozó una mano, hasta que mamá ya era hora de dormir, un beso, que descanses, y la noche surcada de navíos, gritos y olor a pólvora. Pero también una nostalgia, una rara desazón, un malestar salado e inexplicable que se le fue macerando en el alma, obligándolo a buscar, con el paso del tiempo, los escasos libros que tocaban de soslayo aquella batalla lejana, aunque algunos lo hacían con bastante detalle, como aquel que describía la historia del soldado que fue vencido por el miedo antes que por el ataque, y Manrique podía imaginarlo acurrucado, temblando, muerto ya para siempre por la cobardía y el espanto que no le permitieron disparar, arrancado de un manotazo por ese superior que murió instantáneamente, despedazado por una bala que debió haber sido para aquel combatiente aterrado. Manrique nunca pudo volver a aquella lectura por un confuso asunto de fichas extraviadas durante la reorganización de la biblioteca universitaria, pero recordaba la historia porque lo estremecía y subyugaba a la vez, porque era descarnadamente atemporal, pese a que ocurrió tan lejos de Lima, en latitudes que no le correspondían, en aquel otro océano. «En este otro océano», sonreía volviendo a la realidad de sus veinticuatro, periodista, y esa suerte, compadre, de poder ir a cubrir información a Tenerife: la despedida de Jáuregui en el aeropuerto, el beso algo flojo de Silvia, una última ráfaga de recuerdos que lo devolvían a papá leyendo sobre Nelson y la batalla mientras entregaba su tarjeta de embarque a la sonriente azafata: zona de fumadores, ventanilla.

Por eso el golpe en el pecho, el ramalazo de felicidad casi dolorosa cuando descubrió la plazuela que se abría como un desafío frente a la placidez brumosa del Atlántico bajo las nubes y la lluvia que arremetió de improviso sin que a Manrique le importara mucho, hipnotizado frente a los cañones herrumbrosos que apuntaban a un enemigo inexistente, como si todavía no se hubiera disuelto en la memoria el acecho perpetuo, la angustia que le serpenteó la espalda al recordar que allí, en algún lugar de aquella semicircunferencia empedrada, se arrinconó el combatiente paralizado por el miedo durante el ataque, cubriéndose el rostro, tapándose los oídos para no escuchar los cañonazos, empapado en un sudor frío, gritando para acallar el fragor de la batalla, viendo horrorizado cómo volaba en pedazos el oficial que lo arrancó del cañón y que sin embargo no tuvo tiempo de disparar, condenándolo así a una muerte sabiamente dosificada por la culpabilidad.

Algunas latas de coca-cola, papeles y pintarrajeadas furiosas desmentían el setecientos que lo solitario del antiguo enclave militar, el océano y sus propios recuerdos disparados a bocajarro lo llevaron a caminar por la plazuela ignorando la lluvia que lo empapó completamente. Allí estaban los cañones, y uno de ellos en especial obligó a Manrique, como si se tratase de una marea contundente y necesaria que iba más allá de las sensaciones, a pasarle la palma húmeda por el lomo de hierro, de mastín fiel, de mascota peligrosa, sintiendo el frío contacto coriáceo bajo el que había dormido la redondez mortal de una bala. Alzó la vista y enfrentó al mar hasta que le escocieron los ojos, pero no hubo más respuesta que el lánguido y vacío oleaje donde descargaban las nubes.

Llegó al hotelito ensopado y tiritando. «Vaya chubasco, ¿eh?», lo saludó el portero y Manrique le contestó no supo bien qué cosa. Le molestaba haber hecho el tonto parado ahí bajo la lluvia, atado de pies y manos a un pasado de lecturas y obsesiones infantiles, a esa escaramuza de grito sordo y sofoco que lo asaltaba de noche, cuando su padre terminaba de leerle, a la hora del silencio donde sólo fue cambiando la manera de encarar esa angustia idéntica a los diez, doce o quince años, sumergido para siempre en un tiempo interno que parecía transcurrir a su antojo y casi a expensas de él. Pero todo aquello se fue apagando con la edad, con el billar y las fiestas en el Terrazas, con la vacilante decisión de Periodismo frente a Historia, con el trabajo en la emisora y Silvia en la facultad: se cambió la ropa mojada, revisó sus notas para traducirlas al lenguaje artificiosamente coloquial de la radio, se bebió un coñac que lo instaló ante los ventanales de su habitación y esperó tonteando con un libro la hora de llamar a Lima y enviar el despacho.

La mañana siguiente lo trajo desde un sueño confuso y retaceado hasta el presente de lluvia y viento que empelloneaba con crudeza los árboles de la avenida Anaga. Se bebió el café sintiéndose ligeramente débil, recordando no haber dormido bien por culpa de unos camiones que descargaban piedras a lo lejos y el golpeteo rabioso de la lluvia contra las ventanas del dormitorio. Estaba oscuro como si fueran las seis de la tarde en su Lima invernal (pero ahora verano allá abajo, claro) y decidió quedarse a leer aquella novela de Luis Alemany que encontró en una librería de Santa Cruz, a ver si escampaba en algún momento para salir a caminar por la ciudad. A mediodía se preparó un bocadillo que apenas probó por culpa del malestar indefinido que le iba entumeciendo los músculos, «con seguridad la estupidez de ayer», pensó recordando el chubasco y bebiendo coñac mientras la lluvia continuaba con su desgaste de antojo sin fin allí afuera, en el chasquido acuático de los autos, en el erizarse de las hojas cada vez que el viento jaloneaba los árboles con furia, en la placidez del mueble donde se recostó a leer hasta que sin saber en qué momento un sueño pesado le fue arrebatando la atención de la novela.

Despertó con la mejilla húmeda de saliva —una manchita oscura en el cojín que atrajo como almohada— y mucho cansancio en los ojos. Le dolía la cabeza y tenía la garganta reseca. Ya era noche cerrada, sólo se veían las luces del muelle arañando de amarillo el océano tras los árboles que soportaban con estoicismo botánico el barrido del viento. Aún llovía y Manrique pensó que si la cosa seguía así iba a ser difícil salir a la calle. Atisbó por la ventana los ríos espumosos que formaban los autos al recorrer la avenida. Felizmente, pensó encendiendo y apagando casi inmediatamente un cigarrillo, con los de la emisora no había quedado hasta el lunes, o antes, pero sólo si hay algo importante, que las cuentas son astronómicas, le había reconvenido Jáuregui, y eso significaba que tenía tres días para disfrutarlos a sus anchas. Mientras se afeitaba intentando vencer ese cansancio de mal sabor en la boca y pesadez de párpados, escuchó en la radio algo sobre el anticiclón, un temporal que venía desde las Azores y encajaba justo para Tenerife, el ferry a La Gomera había regresado a Los Cristianos sin haber podido arribar a destino, manejar con cuidado y dos pescadores desaparecidos en alta mar. Se frotó con fuerza el agua de colonia a ver si ganaba vigor, ánimo para salir y tomar un taxi, se entretuvo todavía un rato escuchando fragmentos de programas radiales, habría que grabar alguno y llevárselo a los muchachos de Lima, leyó otro poco y se aburrió inmediatamente porque supo que no, que la pesadez y el malestar persistían, exigiéndole quedarse. El calor dulzón del coñac lo invitó a contemplar la lluvia, las desiertas pistas de tenis del club militar de enfrente y luego, como atrapados por una atracción de calidoscopio, sus ojos escudriñaron fijamente la plazuela apenas adivinada entre los árboles de la explanada lustrosa: allí se apostaban los cañones, siempre atentos al primer atisbo del enemigo en la negrura aterradora del mar. Bebió de un trago el resto del coñac que quedaba en la copa y poco a poco su fuego líquido le trajo los recuerdos de esas noches de arroz con leche y lecturas de papá antes de dormir, ese trecho entre la aventura y un miedo esponjoso que le dejaba la oscuridad de su habitación donde estallaba una y otra vez el combate pese a que él cerraba con fuerza los ojos, no quería saber más y al mismo tiempo le urgía hacerlo: volvió a la actualidad de lluvia y viento chicoteando entre los árboles con un bostezo pesado en el que el coñac tenía su parte de culpa. Se desvistió sin prisas y leyó un poco antes de sumergirse en un sueño turbio donde los camiones de la noche anterior volvían a descargar piedras con un estrépito milimétricamente rabioso. La esfera luminosa del reloj despertador marcaba las dos y cuarto. Despabilándose lentamente, la lógica ganó terreno desbaratando los argumentos que el cansancio y el sueño le habían ofrecido anoche; no podían ser camiones descargando material de construcción a esa hora, era tonto pensarlo. La idea le vino simple, contundente, absoluta: eran truenos. Claro, con el temporal que no amainaba no era difícil aceptar la posibilidad. Se quedó escuchando maravillado la implacable insistencia con que se sucedían, casi como el desplomarse de un algo gigantesco que desmentía lo etéreo del cielo. Recordó el paseo a Huancayo con la promoción del colegio y los primeros truenos que escuchó en su vida, asustado, ovillado en su cama igual que el pecoso Jiménez, sin siquiera atreverse a respirar; el mismo derrumbe ensordecedor repitiéndose una, dos, tres veces; la misma sensación de estar frente a camiones de descarga, único referente para él que se había criado en una ciudad sin alardes climáticos, sólo la lluvia resignada y gris del invierno limeño (nada que ver con este aguacero vital que golpeaba las ventanas), nunca nieve, a veces un arco iris.

El día amaneció exhausto y lavado por la lluvia que había caído hasta bien entrada la noche. Sólo algunos charcos de agua que reventaban bajo los neumáticos de los autos recordaban el temporal, eso y las nubes inmensas que se perdían henchidas hacia el este para descargar seguramente en Gran Canaria. Mientras el portero revisaba los estragos causados por la lluvia sobre las plantas de la entrada, Manrique le comentó jovialmente lo de los truenos. El hombre dejó a un lado la fregona y lo miró parpadeando cortésmente, ¿truenos?, no que él supiera, le contestó encogiéndose de hombros, pero al ver la expresión de Manrique se apresuró a dudar, aunque a lo mejor sí, porque él tenía el sueño muy pesado y quizá sí, no sería raro. Cambiaron todavía algunas frases sobre el tiempo y Manrique ganó la calle pensando en lo que le había dicho aquel hombre. Ligeramente molesto se reconfirmó haber escuchado los truenos, no uno sino cinco o seis, antes de volver a dormirse con la terrosa sensación de que continuaban allí. En fin, el día empezaba a reacomodarse bajo un sol fuerte y propicio para beberse una cerveza cerca de la Plaza España, confundiéndose con el gentío de mitad de mañana, con los turistas que atiborraban ya las mesitas al aire libre, evidenciados por la palidez de rostros y piernas, por las miradas cansadas de muchos inviernos nórdicos donde sin embargo chispeaba un destello de libertad o conquista. «Como Nelson», pensó tenuemente Manrique frente a su cerveza del almuerzo. Un viento fuerte pero sin presagios se llevaba el ligero malestar que aún sentía, igual que la ceniza del cigarrillo que descargaba cuidadosamente en el cenicero mientras esperaba las gambas. Recordó de pronto la plazuela donde los cañones continuaban tensos y desafiantes, dispuestos a ladrar sus balas nuevamente, ganados por un tiempo detenido en ese casi escondite que se abría frente a su hotel. Mientras saboreaba las gambas y bebía largos sorbos de cerveza, con el mar al fondo cada vez que levantaba la vista, sintió el breve, delicioso asalto de la felicidad, y pensó que ésta no era Silvia, ni la emisora, ni la vida a diez mil kilómetros de la terraza donde ahora bebía una caña, sino más bien esa extraña y desbordante sensación que resbalaba como el sabor fresco y amargo de la cerveza por su garganta: el saberse tan cerca de donde estuvo el cañón Tigre y de lo que aquello significaba; el sentirse primitiva y elementalmente dueño del antiguo enclave militar, pensó sonriendo, porque a la plazuela apenas si recalaban escasas parejas al caer la tarde y alguna vez hordas de punks habían pasado por ella sin dejar más rastros que su rencor de graffiti, latas de heineken y coca-cola. Sí, la plazuela era suya, volvió a recordar las lecturas infantiles y esa nostalgia indefinida que el azar (qué otra cosa sino ese brochazo invisible de coincidencias que lo trajeron a Tenerife) se encargó de emparentar con la realidad buscándole motivos a la opresión embriagadora en el pecho, al estupor que experimentó andando por la plazuela la otra tarde.

Encendió un cigarrillo y pidió café y coñac para cerrar el mediodía que iba quedando vacío de negocios y oficinas, dispuesto a sumergirse en un letargo frágil y sin otro arrullo que el mar al fondo, lentamente oscurecido por las nubes que parecían amenazar con lluvia otra vez. Vagó un rato más por las callejuelas estrechas del centro y recaló por último en la Plaza Weyler, que le gustaba por su aire jactancioso y mundano de afiche europeo, de juguete menudo y cosmopolita, esquinada de mesas blancas donde beberse una copa contemplando el ocioso discurrir de la tarde era lo exacto para prolongar ese cosquilleo que le rebulló en el estómago cuando pensaba que luego de ir al cine (pasaban una de Almodóvar que no pudo ver en Lima) tendría la plazuela para él solo. Estornudó un par de veces diciéndose que se lo tenía merecido por quedarse allí parado, en plena lluvia, contemplando sus recuerdos y obsesiones frente a un mar violentamente propio. Se encogió de hombros porque tampoco era para tanto, no era cuestión de darle mayor importancia, pero al salir del cine ya un amago de fiebre y malestar lo había emboscado, envolviéndolo en ese pegajoso bochorno que sentía pese al viento frío que cortaba la calle donde decidió coger un taxi. La plazuela tendría que esperar, se reconvino a regañadientes arrebujado en el interior del auto.

Cuando se acostó ya lo había ganado del todo la fiebre y decidió prepararse un vaso de leche muy caliente al que añadió el sabor áspero del coñac. Leyó un poco pero el malestar que le hacía latir las sienes y arder los párpados lo obligó a abandonar el libro. Tiritaba. Con los ojos cerrados buscó relajarse dejando que la mente vagara por esos territorios obtusos donde estallaban recuerdos, imágenes, frases sueltas e inconexas que lo iban arrastrando con engaños de vértigo a un sueño de jadeos y dolor de garganta, un dormitar sorprendido de silencios, baches y ecos donde a lo lejos se escuchaba el viento, una moto inubicable hundiéndose como un navajazo en la noche, el monocorde compás de reloj, ruidos infinitesimales y diversos.

Despertó de golpe sin tener noción de cuánto había dormido, consciente sin embargo de que fueron los truenos los que lo despertaron, igual que la noche anterior, con su precisión de cosa siniestra. Se incorporó a medias de la cama intentando escuchar mejor y se dio cuenta de que tenía la camiseta húmeda y viscosa. Sentía la garganta cerrada y un incendio llameaba en su cabeza, pero el sueño lo había abandonado dejándole la resignada convalecencia del insomnio, un cansancio de *black out,* una torpeza de movimientos. Se dirigió a los ventanales desde donde se divisaba la noche absolutamente quieta, con el mar rastrillado de luces y un retazo de la plazuela tras los árboles dormidos, olvidados por el viento. Recostado en el sofá con el libro entre las manos fue sumiéndose en una modorra bendita que sin embargo otra vez empezaba a llenarse de humo, olor a pólvora, lamentos y, lejanísimo pero inobjetablemente, el fragor de los truenos reventando una y otra vez en medio de una noche desmayada de sonidos. Ya no era dueño de sí cuando repentinamente abrió los ojos sintiendo que la fiebre se convertía en un odio denso y ciego porque los truenos lo habían vuelto a despertar, esta vez por completo, y sin saber en qué momento, vestido a tropezones, se encontró frente al portero que dormitaba con el televisor encendido. Manrique se acercó hasta él temblando, ganado por una histeria febril, preguntándole si ahora tampoco escuchaba los truenos. El hombre lo miró entre perplejo y alarmadamente comprensivo. «No tiene por qué gritar», empezó a decir en tono conciliador pero Manrique ya no lo escuchaba; necesitaba con desespero respirar un aire que no asfixiara, que le arrancase esas tenazas que le oprimían el pecho: cruzó de dos trancos hacia la plazuela y la recorrió de un extremo a otro tomando bocanadas de aire, pero al llegar a los cañones la debilidad lo venció de golpe, arteramente, obligándolo a pasarse una mano por la frente helada y húmeda. Se apoyó en uno de los cañones tiritando, hirviendo, tapándose los oídos para no escuchar los cañonazos cada vez más cercanos que le exigieron resbalar contra el empedrado para sollozar a cubierto, sintiendo un pavor atroz que soplaba desde otro tiempo y que traía gritos, lamentos, olor a pólvora. Entonces supo que no, que el portero no había mentido al decir que nunca escuchó truenos y que otra vez, ante la inminencia del ataque, el miedo lo había vencido.

(1992)

A micrófono abierto

A Fiorella Gaidolfi y Yayo Villena

Cuando lo arrojaron a la celda que olía a pies sucios y meados, Jáuregui soltó un quejido seco y con asco mortal sintió el sabor metálico de la sangre manándole de la ceja o de la frente. Asombrado de su lucidez para pensar después de ese tiempo que se antojaba interminable y en el que recibió patadas y sopapos que lo sacaban a flote de una deriva oscura y pegajosa, deseó con fervor —como si se tratase del único privilegio que le estaba prohibido— recibir el dulce abrazo de la muerte. Aferrado a la bendita frescura del suelo duro, entre vértigos y arcadas que lo hacían estremecer, pensó que tal vez Cecilia ya habría telefoneado a Olsen, que de todas formas ya no tendría sentido, y que los últimos meses le quedaban tan lejanos como un recuerdo de infancia. Abrasado por una sed sin sosiego, poco a poco fue abandonándose a las imágenes, al sueño que lo iba llevando como a remolque hacia atrás, el capitán no tardaría en volver. Muy lejanamente escuchó o creyó escuchar diminutas carreras, voces apagadas pero imperiosas, otros gritos que provenían quién sabe de dónde y que no llegaban a devolverlo a la realidad de la que se iba desligando. De golpe fue estar nuevamente vivo, nuevamente en la pensión de doña Consuelo y vivo.

Si era necesario ponerle un inicio a las cosas (porque sí, para cotejarlas y evaluarlas como si le fueran ajenas, para engañar a las punzadas en el estómago y a la sangre que manaba sin tregua de la ceja) Jáuregui decidió que la serie de acontecimientos que lo arrojaron a este presente de pesadilla había empezado la noche que Olsen lo llamó a la pensión para proponerle sin mayores preámbulos que trabajara en su emisora, ya Cecilia le había contado lo del puestecito en el almacén y la vida en la pensión, la perrada que le había hecho Fonseca. Te lo advertí, había dicho Olsen sin misericordia y Jáuregui adivinó las bocanadas de humo, la sonrisa agria. Nada más colgar supo que le sería imposible atender las imágenes del televisor, preparó un sándwich que mordisqueó sin mucho apetito, se puso la casaca y salió a dar una vuelta por ese barrio de La Florida un poco desconocido y humoso que curiosamente parecía acecharlo desde sus esquinas amarillentas porque viéndolo bien, pensó sonriendo, el desconocido, el caminado de arriba abajo y con recelo era él. No tenía ni dos meses en la pensión de la señora Consuelo y así como no se habituaba a esa violencia de cajas y órdenes en que consistía su trabajo en el almacén, tampoco podía acoplarse fácilmente a ese nuevo ritmo de sazón extraña y almuerzos a sus horas, a la charla de don Roque y a los diálogos impostados de las telenovelas que se filtraban desde la habitación contigua a la suya, donde la señora Consuelo se entregaba seguramente al tejido y a charlas de vieja viuda con el gato atigrado que llevaba a todas partes.

Cruzó Amancaes y sin proponérselo llegó al parque Juan Ríos, con sus bancas estropeadas, sus árboles que alzaban ramas esqueléticas y resecas, su cancha de basket desierta y como extenuada por los gritos y los pelotazos de los chicos que jugaban allí durante el día. Encendió un cigarrillo y fumó aplicadamente, la cara contra el viento y las dudas. A Olsen lo conocía suficientemente bien como para saber que tanto interés no era de ninguna manera gratuito. Se habían conocido en el Jockey Club, una tarde ventosa en que *Mister It* ganó por varios cuerpos de ventaja sorprendiendo a muchos, y cuando Cecilia regresó de cobrar su boleto, el cabello azotándole una sonrisa que era digna de verse, venía acompañada por un hombre canoso y más bien bajo, que llevaba un bastón en el que apoyaba una discreta cojera y que parecía tener la costumbre de hablar señalando al interpelado con un puro inacabable y acusador. Mientras se tomaban unas copas Cecilia explicó que el señor Olsen era un viejo amigo de su padre y estaba indirectamente vinculado al periodismo. A Jáuregui el nombre le saltó como una liebre, realmente Cecilia era la campeona del eufemismo: Olsen controlaba una emisora de radio que acababa de salir al aire y, por los comentarios admirativos y codiciosos que habían llegado hasta él, Antena Uno estaba entrando con fuerza, se le había plantado como un gallito nada menos que a Radioprogramas, tenía un plantel joven que suplía la inexperiencia por ese entusiasmo limpio de los primeros años en el negocio de las noticias, y además, pagaba bien. Entre sorbo y sorbo de whisky, mientras esperaban la quinta carrera de la tarde, Jáuregui se fue enterando de los planes de Olsen, su raposa decisión de apoyar discretamente al Apra de Alan García para la reelección, pese a que era bastante probable que perdiera. No es que Olsen hablara explícitamente de esto, pero varios años ante el micrófono con personajes del mundo político habían afilado en Jáuregui una habilidad casi táctil para leer pausas y determinadas inflexiones de voz, para comprender frases y comentarios recortados. Cuando Cecilia explicó que Jáuregui era el productor de *Arena Política,* Olsen se limitó a arquear una ceja antes de anotar unos números en su cuadernillo de apuestas. Un programa interesante, dijo, y Jáuregui tuvo la violenta sensación de que se estaba refiriendo no a su programa sino a la carrera que ya anunciaban por los altavoces. Por eso mismo se sorprendió cuando a los dos o tres días de ese primer encuentro Mauricio Chirinos le dijo desde la cabina de sonomontaje que tenía una llamada, y al contestar escuchó la voz vagamente asmática y prepotente de Olsen, le tenía que hacer una propuesta, qué tal si almorzaban juntos, dijo casi sin saludar.

Esa vez Jáuregui, mientras saboreaba el café de sobremesa en el restaurante donde lo citó Olsen, se había dado el lujo —entonces él lo había entendido así, se dijo en el parque solitario, asomado con el pecho abierto a los recuerdos— de agradecerle la proposición, pero tenía un compromiso con el señor Fonseca y la emisora donde trabajaba, estaba contento con su programa y ahora que venía la campaña electoral más aún. No hizo falta explicarle a Olsen lo que quería decir, los cinco o seis últimos viernes *Arena Política* había cogido un rumbo evidente, no apoyaba a nadie pero quedaba bastante claro que los golpes francos iban directamente contra Alan García y su pésima gestión de los últimos años. El rostro de Olsen le llegaba desde un velo de humo y perplejidad. Estaba bien, dijo al fin como si le costara salir de su ensimismamiento de saurio, esperaba que no se arrepintiera, no todos los días él se tomaba la molestia de hacer esas ofertas. El resto de la charla derivó flojamente hacia las grandes posibilidades que tenía *Mi Preferida* en la séptima del domingo y el asunto de la avioneta del ejército que había caído en plena selva, presumiblemente derribada por los narcos de la zona. Se despidieron con un apretón de manos y Jáuregui sintió unas leves cosquillas de contento cuando esa misma noche le contó a Cecilia la conversación con Olsen.

Después de esa charla no se volvieron a ver sino hasta bien entrada la campaña, cuando todavía nadie salía de su asombro por la increíble subida de Fujimori en las encuestas. Fue en el bar del Crillón: Olsen estaba conversando con unos señores en el vestíbulo del hotel y cuando Jáuregui lo saludó, señaló la barra con su puro, qué tal si se tomaban unas copas, en un momento estaba con él. Esa noche no hablaron de caballos y en las frases aceradas y despectivas de Olsen cada vez que se refería a Fujimori y al peligro que corría la democracia si el Chino ganaba las elecciones, Jáuregui creyó entrever una preocupación mucho más amplia de la que en realidad quería demostrar. Recuerda lo que te digo, muchacho, le dijo mientras atajaba con un gesto áspero los billetes que Jáuregui ponía sobre la barra: si gana Fujimori puedes ir olvidándote de tu programa, Fonseca se va a echar a los pies del Chino como harán todos los demás y a ti te van a pegar una patada en el culo por todo lo que has estado diciendo contra esa candidatura. Jáuregui había soltado la carcajada porque si había alguien honesto en el periodismo político del país ése era Rolando Fonseca, y así se lo dijo a Olsen mientras aceptaba la tercera rueda de *tom collins,* ahora con la espléndida vista nocturna desde el *Sky Room* del hotel.

Atento a la brasa de su cigarrillo que parecía llevarse sin prisas los recuerdos, varios meses después de aquella conversación de la que conservaba el olor a humo y a madera añeja, tenía que aceptar cuánto se había equivocado y cuánto le había costado equivocarse: Fonseca no tuvo cara para decírselo personalmente y Jáuregui sintió pena cuando el señor Fernández lo atajó antes de que él entrara en cabina y le explicó, entre tartamudeos y pasándose un pañuelo por la cara que era para morirse de risa, que la Directiva había acordado, eran razones de fuerza mayor, el nuevo gobierno presionaba, don Rolando había manifestado su más absoluta indignación y que, bueno, pasara por Caja. Todo esto se lo dijo cuando Jáuregui ya alcanzaba la puerta entre rostros que esquivaban el suyo.

La indemnización por despedida intempestiva le alcanzó para vivir unos meses mientras buscaba trabajo, pero tal como pronosticara Olsen ningún medio lo quiso aceptar y una tarde calurosa y encapotada de nubes admitió que tenía que buscar cualquier chamba y encontrar una pensión. Cecilia consiguió después de muchas evasivas y violentas discusiones —no lo dijo pero se podía palpar bajo sus frases nerviosas y su sonrisa demasiado forzada— que su padre le consiguiera el trabajito en el almacén. Adonde la señora Consuelo llegó por un amigo providencial cuando ya casi no le quedaba dinero para pagar su departamento de Recavarren. En el rápido inventario de esa noche luego de la llamada de Olsen a la pensión, Jáuregui cayó en cuenta de que no tenía alternativa y que después de todo no había motivo para tanta reticencia, si Olsen lo pretendía dirigir lo mismo lo plantaba.

El lunes de la cita todo resultó tan fácil que Jáuregui sospechó por un segundo de una trampa, un cepo escondido que su ansiedad correctamente disimulada no le dejaba sin embargo intuir plenamente. Todo el fin de semana previo estuvo distraído, incapaz de concentrarse en las estrategias inocentes de don Roque con el ajedrez o en las carreras televisadas que prácticamente eran su único entretenimiento, y el domingo decidió acostarse temprano. Ese lunes después del trabajo, mientras se quitaba el mameluco azul como desembarazándose de una culpa repugnante, presintió oscuramente que ya no volvería más al almacén, y aunque cada vez que recordaba lo ocurrido con Fonseca sentía como un amargo polvillo de yeso en los labios, trabajar nuevamente en una emisora le entusiasmaba. Lo único que no debía hacer era permitir que ni Olsen ni nadie le explicara amablemente la tónica política del programa: nunca lo había aceptado y si de algo se podía enorgullecer era de ese empecinamiento de palmas vueltas hacia arriba que tanto le estaba costando. Por eso mismo, porque lo decidió a todo o nada, se quedó de una pieza cuando Olsen aceptó sin poner ningún reparo: Jáuregui haría el programa como quisiera.

El esquema sería el mismo que el de *Arena Política,* aunque se trasladaría a los domingos por la noche. A Jáuregui no le costó demasiado reingresar a los micrófonos y a los guiones en tres copias, a los cascos y a las llamadas telefónicas de los oyentes que lo alentaban y se confiaban íntegros a sus opiniones: en la cabina amplia e inmaculada donde inició su nuevo programa (se notaba rápidamente que todo era de estreno, los equipos y la gente) fue secuestrado por una dulce sensación de revancha. Ese primer domingo después del trabajo, bebiéndose un *tom collins* con Cecilia en el Vivaldi, se mantuvo con la guardia alerta, hizo el obligado repaso de los errores y los aciertos, los puntos flacos que debían irse limando con el tiempo, la imparcialidad al encarar ciertos temas, ese difícil equilibrio entre la agudeza periodística y el comentario mesurado, un galope de bridas bajas que lo mantendría a salvo del proselitismo y el chantaje moral, esa baza que le había mantenido una audiencia fiel durante los años con Fonseca, y que ahora lentamente rescataba, para beneplácito de Olsen, siempre susceptible a *ratings* y encuestas.

A fuerza de ser sincero, Jáuregui tendría que admitir que la primera llamada la pasó por alto: alguna vez le había ocurrido cuando trabajaba con Fonseca y en aquella ocasión apenas tuvo tiempo de putear casi por sobre los jadeos y los insultos, sobre la amenaza de la voz desconocida y falsamente bronca que cortó la comunicación con un golpe seco. Cuando se lo contó preocupado a Mauricio éste le dio una palmada en el hombro, nadie lo iba a matar, locos nunca faltaban, a él mismo le había ocurrido en alguna ocasión. Por eso le quitó importancia esta vez y luego de colgar ya estaba nuevamente confeccionando su guión, amontonando sobre el escritorio los periódicos que había pedido a la gente de archivo: un diputado izquierdista había denunciado un supuesto caso de corrupción que involucraba a la mujer del presidente y Jáuregui lo había citado para ese domingo.

La segunda llamada fue justo una semana antes del Golpe y cuando desde recepción le dijeron que la persona no quería identificarse, Jáuregui tuvo un presentimiento, una molestia casi física al coger el teléfono antes de escuchar la voz estrangulada prometiendo volarle los sesos. Él encendió parsimoniosamente un cigarrillo después de colgar y algo debió sospechar Molinari que buscaba cintas cerca de él porque le preguntó qué le pasaba. Algún cojudo jugando al matoncito, dijo con una sonrisa, pero toda la noche estuvo pensando en el asunto. Se marchó tarde de la emisora y ya no tuvo tiempo de llamar a Cecilia.

En realidad, recordaba ahora en el rincón de la celda desnuda y húmeda hasta donde se arrastró como una babosa, no tuvo tiempo de preocuparse mucho porque esa semana antes de que el presidente anunciara el cierre del Congreso, estuvo sumergido de lleno ventilando las acusaciones contra Susana de Fujimori. El programa había encendido una mecha violenta que incendió de opiniones el ambiente político y no le extrañó que Olsen lo llamara desde Miami para decirle que todo tenía un límite, que tuviera cuidado con lo que decía y que ya hablarían a su regreso, Jáuregui, qué ganas de meterse en líos. Él no dijo nada porque sabía que en el fondo Olsen estaba satisfecho, en el poco tiempo que tenía el programa al aire la audiencia había crecido tres fantásticos puntos.

El domingo después de acompañar a Cecilia a su casa, Jáuregui se enteró con estupefacción —en el bar donde se tomaba una última copa— del autogolpe del presidente. Su programa empezaba en un par de horas, podía volver donde Cecilia, esconderse en su casa o buscar un hotelito modesto hasta que todo pasara, pensó confusamente antes de detenerse en seco y sonrojarse hasta el asco de su cobardía. Sin pensarlo dos veces tomó un taxi que lo dejó en Aramburú y Paseo de la República y ganó casi a trote la media calle que llevaba a la emisora. No sabía exactamente lo que iba a hacer, una rabia funesta lo tenía como acorralado, no pensó encontrarse con los milicos, le sorprendió la amabilidad del capitán que lo recibió en recepción invitándolo a pasar a la oficina de Olsen que habían abierto impunemente. Recordaba el rostro descompuesto de los muchachos que apenas lo saludaron cuando subía las escaleras escoltado por dos cachacos y el capitán. Desde la cabina de sonomontaje llegaba música suave, *jingles* repetidos una y otra vez, voces grabadas. El capitán era alto y se movía con unas zancadas elásticas que a Jáuregui le hicieron pensar de inmediato en los pumas del parque de Las Leyendas. Sólo porque el milico le estaba ofreciendo fuego se dio cuenta de que para acallar ese silencio ominoso que poblaba la oficina se había llevado un cigarrillo a los labios. Tenía las palmas húmedas cuando el capitán empezó a hablar: Jáuregui apenas escuchaba las frases rebuscadas, esforzadamente correctas, la propuesta inverosímil de que grabara un mensaje de adhesión al régimen, se le agradecería mucho ese gesto caballeroso: estaba pensando en cómo demo-

nios haría para llamar a Olsen o a Cecilia. Cuando
voló la primera cachetada que lo hizo trastabillar
—estaba de pie, apoyado contra el escritorio— su
primera reacción fue recoger despacio el cigarrillo
pensando incongruentemente que iba a quemar el
tapizón color vainilla. El rodillazo en el estómago
lo hizo caer de bruces contra el suelo. Le zumbaban
los oídos y advirtió con horror que iba a vomitar
sobre las botas lustrosas. El militar lo levantó de las
axilas, lo obligó a sentarse y le ofreció un pañuelo
que Jáuregui se llevó a la nariz antes de devolverlo
impecable, cosa que pareció decepcionar profunda-
mente al capitán. Está bien, se escuchó decir él,
fascinado por sus propias palabras, grababa el mensaje que ellos quisieran, que por favor no le pega-
ran más. En los labios finos del capitán se dibujó
una sonrisa ultrajante, hizo un amago de reverencia
y señaló la puerta, cuando usted quiera señor Jáuregui, el presidente agradecerá el gesto en estos momentos difíciles para la patria.

   Mañuco Paredes era el sonidista esa noche
y dos veces se le cayeron de las manos los cartuchos
que intentaba colocar en su sitio. El hombre temblaba tanto que tuvieron que darle un vaso de agua
para que se tranquilizara y pusiera de una vez todo a punto: cuando la lucecita roja se encendió por
fin en la cabina y Jáuregui empezó a hablar, supo
desde una paz extraña que ya nada podía salvar-
lo, que sobrevivir a la humillación de escuchar la
esmerada bajeza de sus frases le sería imposible.
Cuando acabó el mensaje, el capitán apenas le dirigió una mirada furtiva antes de ordenar a dos
soldados que lo acompañaran hasta la puerta. Al
pasar a su lado Jáuregui escuchó claramente que el

hombre lo interpelaba con un nuevo asco piadoso en la voz: tenía otra idea de usted, señor Jáuregui, de todas maneras no es necesario que se quede, su programa saldrá con un poco de retraso, vaya no-más a su casa para escucharlo con tranquilidad. Tal vez fue eso lo que lo decidió, mientras avanzaba por el pasillo que conducía a la calle, a ese último acto que su temor inabarcable calificó erróneamente de coraje: zafándose rápidamente de los soldados que lo escoltaban aulló dirigiéndose a la veintena de per-sonas que todavía quedaban en la emisora que ha-bía sido obligado, que no creyeran nada de lo que iban a escuchar, que alguien por favor impidiera la emisión del programa.

Todavía logró volverse hacia el capitán que se abalanzaba ya contra él y le escupió en la cara antes de recibir un puñetazo que le hizo crujir la mandíbula. Después, todo sucedió como en sue-ños: los golpes y los gritos, el camión celular don-de lo tiraron como si fuese un fardo, la visión de un cielo espléndido e inusualmente constelado de es-trellas antes de ingresar a un edificio que Jáure-gui no pudo identificar y que se alzaba como un tumor en pleno corazón de la noche. En la celda donde finalmente lo arrojaron Jáuregui pudo reca-pacitar y comprendió que ese acto había sido de es-tupidez y no de arrojo, una interpretación lastimo-sa para la galería que lo dejaba más envilecido aún frente a sí mismo. Lloró de rencor y de impoten-cia contra el piso de baldosas, sintió que abrían la puerta y unas manos violentas lo alzaron del pelo haciéndole saltar nuevas lágrimas, escuchó los in-sultos y las maldiciones, y en algún momento de esa niebla casi palpable en que flotaba dejó de cubrirse el rostro y el pecho aceptando los golpes con algo que lastimosamente se parecía a la expiación. El capitán —sí, era él, entre el velo de sangre que le dificultaba la visión intuyó la sonrisa dura, los pasos de puma— también pareció comprender aquella sutil tentativa de escape y contrición. Por eso salió del calabozo para regresar de inmediato con una radio portátil que colocó suavemente sobre la única silla que había allí. Cruzado de brazos le dijo que ahora escucharía sus palabras grabadas, en unos minutos más la emisora cumpliría las órdenes precisas que acababa de telefonear y se difundiría el mensaje de Jáuregui para toda Lima, para toda su audiencia incrédula y desencantada.

No le fue necesario abrir los ojos para adivinar la expresión de absoluta estupefacción que desencajaba al capitán, para entender y casi compadecerlo sin evitar que una sonrisa tumefacta pugnara en sus labios cuando después del *jingle* que anunciaba su programa supo que de alguna oscura manera, cuya lógica se le escapaba sin que le importara demasiado, estaba siendo vengado. El capitán volvía a patearlo, esta vez con una furia que se parecía al miedo, también incapaz de comprender, pero Jáuregui empezaba ahora a reírse bajito y sin poder ya contenerse, porque en lugar de sus frases abyectas que se preparaba a escuchar —como seguramente toda Lima en esos momentos— oyó gritos y gemidos aterradores, quejas y lamentos que al principio le costó reconocer como suyos. Su último pensamiento fue para Cecilia.

(1992)

Deditos

A Nora Koch, Omar Eguren y Jorge Montgomerie

Las rosas, le gustaban mucho las rosas y Antonio hubiera querido dibujar esos instantes en que María Luisa entrecerraba los ojos y acercaba la flor para sentir su fragancia y la caricia afelpada con que los pétalos contorneaban su piel. También le gustaban las tardes caminadas sin mucha prisa, a golpe de cinco, cuando llegaba de su oficina y tiraba la cartera en cualquier mueble, subía de dos en dos las escaleras que conducían a la habitación y allí lo encontraba, parado a contraluz frente a un lienzo donde algunos trazos tenues significaban que había aprovechado bien el día y estaría contento. Se besaban suavemente y casi sin mediar palabra salían a seguirle la pista a la tarde, a fumarse un cigarrillo en el parquecito cercano, a comentar trivialidades y a observar las nubes que parecían una rúbrica destejida sobre el cielo ya encendido de colores. A veces Antonio, sin dejar de conversar, sacaba un lápiz y sobre cualquier papelito que el viento llevaba hasta sus pies, garrapateaba unas cuantas líneas, gaviotas raudas, velámenes estilizados, torsos desnudos. María Luisa lo miraba buscando en su perfil algún vestigio de aquella obsesión por el dibujo que lo llevaba a desatender lo que ella empezaba a contarle y a ensimismarse en el vuelo de un pájaro, por ejemplo, o en el romper de las olas cuando caminaban por la playa, o en un niño que se inclinaba para recoger una piedrita de colores. Sí, María Luisa lo observaba, acatando ese silencio maravillado en que se zambullía Antonio, el lápiz llenando de rayas y círculos cualquier trozo de papel. Pero al cabo de un momento, como si se tratase de romper algún maleficio, sus manos largas y traviesas lo despeinaban obligándolo a enojarse y a perseguirla entre risas y hojas crujientes, sin importarles demasiado las miradas perplejas de los niños que jugaban cerca.

También le gustaba la forma delicada que tenía él de captar una imagen temblorosa, las pinceladas aguamarinas con que atrapaba el mar en un lienzo que parecía salpicado de espuma, los cuadritos que él se empecinaba en criticar con sarcasmo y que terminaba malbarateando en Larco los domingos por la tarde, aunque a veces conseguía un buen precio y entonces algo de vino, las cuentas saldadas con el casero y la señora de la tienda, boletos para el teatro y un par de zapatos que María Luisa se calzaba con un entusiasmo en el que Antonio creía entrever la renuncia de su mujer por el lujo que él nunca podría darle. A María Luisa le gustaban muchas cosas aunque no se preocupaba en definirlas, quizá porque toda definición lleva consigo el desencanto y ella lo intuía así; en todo caso prefería espiar su relación muy de vez en cuando, matar sus horas libres leyendo en la habitación donde Antonio pintaba, estudiando para la tesis, convenciéndose de que todo iba bien, que estaba cómoda así: María Luisa tenía mucho de pájaro, bastante de niña y algo de miedo por descubrir que el amor de Antonio hacia la pintura era mayor que el que le ofrecía a ella. Era un temor vago, una cierta angustia anticipada, un zumbido de presagios que espantaba sumergiéndose en los ravioles de los domingos, en los inventarios tediosos de la oficina donde a veces se sorprendía lejana y desatenta de la voz del señor Martínez, recordándose haciendo el amor en medio de telas bosquejadas a carboncillo y frascos turbios de trementina que impregnaban todo con su olor de sueño y jadeo, esa suave manera de buscarse las manos y enroscarse los dedos recorriéndose los cuerpos entre besos y cosquillas, entre algo que tenía mucho de nostalgia y cigarrillo a la hora de la penumbra. Después vendrían los comentarios sobre tal o cual tema, un lento tobogán de voces que desembocaban invariablemente en la dificultad de Antonio para encontrar el lugar donde San Francisco se convertía en algo más que un convento; sus largas horas buscando el matiz preciso de la tarde que se le escapaba una y otra vez frente al Faro de Miraflores; el tono exacto que no tiene ese *Niño pidiendo pan* que tantas veces ha rehecho y sin embargo. Entonces María Luisa sentía tan tontas, tan mínimas sus propias frases, tan burdos sus comentarios sobre los infinitos balances del trabajo y las broncas del señor Martínez, las charlas chisporroteantes de tiernas naderías con Morgana en la oficina, que prefería callar, observar el perfil de Antonio esculpido en la oscuridad, y extender una mano para rozar con sus yemas el pecho desnudo: lo recorría sin temores buscándole las fronteras y por último, mientras él seguía reflexionando en voz alta, inclinaba la cabeza sobre su torso para sentirse nuevamente pequeña en el refugio de esa piel tibia, de esa respiración sincopada que más arriba eran manos enmarañándole los cabellos hasta adormecerla.

A ella todo eso le gustaba, pero sobre todo le agradaba la manera que tenía él de caminarla con los dedos, de buscarle los labios en un correteo digital que empezaba en el pecho, ascendía por su garganta con un cosquilleo de pisadas diminutas que alcanzaban con el pulgar, como si se tratase de un bracito, subir por el trazo breve del mentón para replegarse por último en el rostro. Era casi un ritual y empezó una tarde en que María Luisa, ofendida por alguna frase brusca, comía en silencio. Antonio a su lado demoraba una disculpa y parecía sumergido en su plato, distrayendo los dedos en el tenedor. Al cabo de un momento ofreció aquellos mismos dedos que caminaron amortiguadamente sobre el mantel acercándose a ella.

—Mi pequeño embajador te ofrece disculpas —dijo, y los dedos hicieron una torpe reverencia, un movimiento recién inventado, inclinándose sobre los nudillos. Luego alzaron su mirada ciega y sin embargo tan expresiva para buscar la sonrisa que empezaba a tironear en los labios de María Luisa, treparon con primaria ingenuidad por su brazo y se recostaron sobre su mejilla en algo que ya era una caricia.

—Está bien, pequeño embajador, vaya y dígale al feo ese que acepto sus disculpas.

Desde entonces el índice y el dedo del corazón caminaron y corretearon por la mesa cuando María Luisa demoraba en servir el almuerzo; exploraron el vasto universo de sábanas destendidas cuando después de hacer el amor Antonio encendía un cigarrillo y María Luisa se acurrucaba a contemplar el retazo de cielo que ofrecía la ventana, sintiendo los pasitos romos circunnavegar sus senos, deslizarse por el vientre liso, hundir un pie en el ombligo y salir corriendo en busca de sus labios; se expusieron por el peligroso abismo de una butaca en un cine cualquiera, pretexto tierno e invariable con que él la abrazaba y la atraía a su lado; tentaron levemente sus hombros suaves cuando una discusión los distanciaba y un rato después de las lágrimas de María Luisa los dedos de Antonio se parcializaban con ella, le hacían caricias, le levantaban la barbilla para disponerla a un beso contrito, a un perdóname apenas susurrado mientras ella buscaba los dedos de su marido para acariciarlos, como si se tratara de una pequeña presencia que cada vez más empezaba a exigir mimos y atenciones: se volvió travieso y María Luisa tenía que poner los cubiertos fuera de su alcance cuando un cuchillo podía ser una pértiga y una cuchara una catapulta para el gimnasta diminuto; se divertían con sus ocurrencias, ocurrencias que Antonio inventaba y cuyo origen María Luisa fingía desconocer; se reían de sus mímicas explicaciones, con el pulgar a manera de único brazo; de sus danzas frenéticas sobre la almohada o sobre la mesa; de sus enojos y pataleos cada vez que Antonio fingía resondrarlo y María Luisa lo protegía, buscaba la piel de su marido y acariciaba algo que poco a poco dejaba de ser Antonio, algo que cada vez más era súplica y desesperado intento por dejarse comprender como entidad propia y aunque, claro, todo era un juego, María Luisa se adentraba en un sentimiento confuso, una especie de hambre y miedo que la obligaban a buscar cada vez más los dedos inquietos de Antonio.

El trabajo la absorbía poco a poco; las largas horas que María Luisa dedicaba a la preparación de su tesis se convirtieron en una media hora mezquina e interdiaria casi siempre con la desolación de sus ojos reflejados en el espejo, con el resoplante derrumbarse al borde de la cama mientras Antonio encendía cigarrillos, servía vino y alentaba seguir. Entonces sus dedos empezaban una tímida caminata, se acercaban a las piernas largas de ella obligando a Antonio a acuclillarse frente a su mujer, que levantaba apenas la vista y una sonrisa rauda como una ráfaga de silencio ablandaba su rostro, mientras los dedos desaparecían en una mano extendida que rozaba la estática de las medias nylon, subía por sus muslos tensos y luego la otra mano, los besos, el aplastarse contra su pecho, las tontas frases que nunca terminan y los labios que ascendían fustigando el cuello hasta sofocar la voz entrecortada de María Luisa que apenas alcanzaba a apagar la luz.

Y sin embargo la rutina, las frecuentes discusiones por cualquier tontería, las tardanzas remolonas en el trabajo, en la cafetería de enfrente a la oficina donde Morgana le iba desmenuzando sus planes de matrimonio y ella escuchaba con una sonrisa cortés; el sentimiento que la asaltaba de golpe y sin aviso: la imagen de Antonio frente a los lienzos, si te estoy escuchando Morgana, casi dentro de los lienzos, claro que te atiendo Morgana, como si fueran el espejo donde se buscaba desesperada, machaconamente: ya es tarde, Morgana, y Antonio debe estar esperándome, adiós y un beso, y ya en el paradero de los colectivos una sensación de trapo, una serpiente de desaliento que se le enroscaba en el cuerpo cuando pensaba en esas manos siempre tan ajenas, en esas caricias que cada vez eran menos caricias y más paseo dubitativo sobre su cuerpo; las manos que como arañas canelas le recorrían la barbilla desprolijamente mientras Antonio se abstraía en una tela inconclusa sin prestar atención a lo que María Luisa le decía, o más bien prestándole una atención de mirada afable pero lejana, inasequible; las manos que de pronto se convertían en dos dedos traviesos que cada vez eran menos Antonio, algo como una personita que nada tenía que ver con el pintor, con el hombre que amanecía envuelto en una niebla de colores dibujando enfebrecido aquel conjunto de *collages* que tendrían significado intrínseco y global al mismo tiempo, algo como un paisaje interior, decía él, algo a lo que se pudiera acceder de muchas formas, ¿ves?, y mostraba un lienzo, bocetos a carboncillo, apuntes que había venido recopilando desde sus tiempos de estudiante en Bellas Artes y que le mostró a María Luisa nada más conocerla, cuando ella era la dependienta de la Casa Hispana; aquella media vuelta por Miraflores donde él buscaba perderse un rato y de paso husmear preguntando por libros de Parramón o Loomis, si el papel Canson y los lápices Noris y cosas así, frases y preguntas distraídas que servían para ir tendiendo una conversación cada vez menos superficial, cada vez más dirigida a esa gran obra, esa obsesión que lo iba aislando de los amigos de siempre y que sin embargo no se notaba porque al fin y al cabo María Luisa; María Luisa desde su mirada de niña curiosa, desde sus caricias que rascaban felinamente la nuca de Antonio y ese desenfado con que se interesó por su pintura, le aceptó el café y se confió íntegra en esos labios donde picaba un poco la barba de tres días;

María Luisa y la vida que aceptaron juntos en la pensión de Lince donde colgaron las acuarelas medianamente satisfactorias, esos cuadritos que sabían a revoloteo de libélula y que Antonio aceptaba con satisfacción teñida de recelo. Desde entonces María Luisa empezó a comprender que algo en Antonio le era vedado, algo que había en él y que estaba fuera de su alcance aunque ella trataba de adivinar fingiendo dormir cuando a medianoche notaba su ausencia fría en la cama y lo observaba coger despacio los pinceles hasta que en la ventana aparecían los primeros brochazos de la madrugada, atrapando la silueta de Antonio a medio camino entre un lienzo y aquella búsqueda incomprensible donde, estaba segura, ella no tendría cabida: se le ocurrió una noche que Antonio la llamó desde Barranco para decirle que iba a tardar, era el *vernissage* del gordo Tokeshi, que no lo esperara para comer y te quiero y mejor no te quedes despierta. De pronto se dio cuenta de que así sucedía últimamente y por eso no se sorprendió mucho de lo rotundo de su decisión, pese a que lloró un poco. Lo que sí le sorprendió fue lo otro, pensar en lo otro.

Esa noche, cuando Antonio encontró la nota sobre la mesa del comedor, comprendió de golpe que hacía un buen tiempo María Luisa y él no vivían solos: sus dedos se habían convertido en una personita que entregaba minúsculas dosis de ese amor que ya no me das, Antonio, aunque te parezca mentira, decía ella con su letra espigada y azul. Casi no terminó de leer la carta de María Luisa; sabía que no iba a encontrar ninguna respuesta y acaso ninguna interrogante. Lo que sí le llamó la atención y luego de las lágrimas lo puso sobre la pista fue aquella alusión que hacía ella acerca de sus dedos. La carta parecía dirigida a sus dedos y no a él; se refería a ellos de una manera oblicua, casi histérica, y era bastante fácil imaginar la depresión, la soledad, el desamor, pobre María Luisa. Incluso en las últimas líneas se permitía aconsejar a Antonio que tuviera cuidado con los enojos de sus dedos: una broma tonta que lo remitía a las veces en que él fingía ser atacado por sus dedos y María Luisa reía, una broma liviana y póstuma que en ese momento a Antonio le sabía a burla o a venganza. Sentado a la mesa observó el movimiento juguetón de su mano levantándose en dos dedos, los pasitos distraídos que le trajeron un ramalazo súbito de recuerdos, un latigazo de dolor que le empañó la vista, carajo. Se pasó el dorso por el rostro y de golpe sintió la necesidad de mirar sus dedos caminando por la mesa, de observarlos con esa tristeza que se empozaba en los ojos de María Luisa cuando tomaba su mano arrebatándole un paseíto para llevárselos a la cara, a los labios, y Antonio sabía que esa ternura no era para él, era tonto admitirlo pero no era para él sino para sus dedos que ahora, a través de un cristal tembloroso, veía caminar con ese andar un poco miope que le había infundido y que María Luisa se encargó de alimentar entre besos y caricias.

Esa misma noche fueron calles recorridas sin sentido, un cigarrillo tras otro y el bar discreto, la barra donde se plantó a beber sin preocuparse por el tiempo; las ganas de no volver a casa para impregnarse del maldito olor de la trementina, del aguarrás y los pegotes de pintura volcada sobre la mesa de trabajo; los lienzos dormidos en un tiempo que ya no era el suyo, una especie de agujero sin dimensiones donde se repetían sus días con María Luisa, María Luisa y sus cabellos enmarañados cuando los paseos por la playa; María Luisa y sus tarareos románticos mientras limpiaba la casa; María Luisa y el amor que empezaba a perder por él, por culpa de él...

Volvió a casa de madrugada, dando tropezones y empecinado en destrozar los cuadros que colgaban de las paredes. Le dolió el ambiente, el silencio rumoroso y estancado de los rincones, la blusa que ella dejó olvidada en el cuarto de baño. Se derrumbó en la cama y desde esa blandura que lo arrastraba hacia el fondo de un pozo de zumbidos sintió las pisadas diminutas sobre su pecho. Se rió de la postura desafiante de su mano frente a él y quiso bajarla. Los dedos pasearon acordonados a su brazo, como si buscasen con fuerza zafarse de sus límites naturales y Antonio pensó vagamente en el subconsciente y esas cosas. Lo dejó estar; con algo de morboso dolor lo vio saltar sobre su pecho y acusarlo con el pulgar una y otra vez: una forma de preguntarse y culparse desdoblándose, pensó, una costumbre digital que significaba no sólo el recuerdo de María Luisa, casi la presencia de María Luisa, sino también su soledad repartida entre él y algo que también era él; una pequeña escaramuza local que empezaba en su muñeca y vaya uno a saber si Freud alguna vez tocó el tema. Cogió con la otra mano la botella de pisco que guardaba en el cajón del velador y bebió un largo trago áspero y ardiente mientras sus dedos enfurecidos se acerca-

ban desde el pecho hasta su rostro sudoroso y desde allí la extraña sensación de sentirse acusado por
otro que era y no era él; ese refugio de regaños que
sin embargo lo acercaban tanto a María Luisa, a su
recuerdo, a su ausencia. El sueño lo fue ganando
entre respuestas incoherentes y la jadeante sensación del alcohol mientras sus dedos seguían vital-
mente ajenos a su borrachera; el cansancio espiral
donde nuevamente aparecía María Luisa y una cadena infinita de recuerdos triviales que lo empezaban a asfixiar con la fiereza del arrepentimiento
tardío, una expiación que no tenía sentido absolu-
torio y sí mucho de castigo, de llanto y opresión y
falta de aire y mano atenazada en el cuello, apretando con rencor y cada vez con más fuerza, con
más fuerza.

(1993)

Fútbol y fricciones

A Maribel Moreno y Germán Delgado

Justo un día antes de regresar a Arequipa fui a buscar a Matías Quintos. A fin de evitar apuros y explicaciones innecesarias decidí dejar una vaga nota prometiendo regresar a tiempo para las fricciones de la señora Matilde (tan puntual, tan suave, tan odiosamente amable y conversadora la pobre), cogí un taxi en la esquina de Piura y el boulevard Pardo y en media hora escasa estuve en El Rímac. No sabía siquiera si iba a encontrarlo —tanto tiempo había corrido—, así que me bajé en Francisco Pizarro para ir merodeando hasta su calle.

Todo estaba igual por allí, acaso más sucio y deteriorado pero igual, como si los años sólo hubieran precisado su elección funesta desgastando inútilmente sus territorios misérrimos. Por eso quizá no me sorprendió encontrar y reconocer tan pronto a mi amigo. Fumaba. Estaba apoyado en la pared desconchada y sucia de aquella esquina donde solíamos separarnos después de los entrenamientos, cuando nuestras vidas nada sabían de nostalgias y los momentos más felices estaban impregnados de sudor, de césped verdecito y húmedo, de fútbol por las mañanas y por las tardes, corriendo aplicados y casi serios, dos, tres, cuatro vueltas alrededor de la cancha bajo la atenta mirada del entrenador: buzo azul, el silbato bamboleante colgado del cuello y esas manazos negras prestas a la palmada seca y cambio: ahora planchas muchachos, vamos, y nosotros uno dos, uno dos, rojos por el esfuerzo demoledor y sobrehumano del vientre, de los brazos tensos, de los dientes apretados por esas ganas tremendas que se tiene a los catorce años cuando se juega en las divisiones inferiores de un gran club.

Matías fumaba plácidamente y la estela vaporosa de su cigarrillo —una brasa diminuta que brillaba más cada vez que ascendía hacia su boca— se disolvía lenta en la noche invernal. Dos chiquillos correteaban a su alrededor y unos metros más allá, en la entrada de un callejón oscuro, un grupo de jóvenes cantaba siguiendo el ritmo de una salsa ecualizada desde el portátil colocado en el suelo. Una ligera barba cubría el rostro de mi amigo, ese rostro que yo recordaba lampiño e infantil, y de golpe entendí que seis años eran muchos y que Matías ya no era el mocoso de hábil gambeta que desconcertaba rivales con giros sorpresivos y enganches perfectos cada vez que el entrenador, dos palmadas fuertes, daba por finalizada la charla y nosotros olvidábamos el cansancio de los ejercicios, la molesta picazón del pasto mezclado con el sudor de las piernas y empezábamos el partido de práctica. Entonces Matías, mi buen amigo Matías, ya no era otro que el terrible rival de *sprints* rapidísimos que llevaba la pelota cimbreando en la zurda su esférico desconcierto, el trote elegante con la cabeza siempre en alto, el quiebre inesperado y la dirección opuesta: pasaba de largo algún *back* gordito e inexperto, el pase amplio hacia el otro extremo, impecablemente ejecutado y a los pies del compañero, otro defensa que pasaba de largo, de golpe el pique rápido y solitario del *wing* derecho, y yo dispuesto a no seguir siendo eternamente el tercer portero maldecía mientras desenredaba la pelota de los piolines.

Uno de los chiquillos pronto se cansó de perseguir a su compañero y corrió hacia Matías con una jadeante sonrisa que iluminaba su negra carita. Mi amigo pasó a la otra mano el cigarrillo que acababa de encender con la colilla del anterior y acarició la cabeza del pequeño. No pude evitar sonreír. Él aún no me había visto pues yo contemplaba la escena desde el otro lado de la calle y preferí mantenerme parcialmente oculto por el Ford que acababa de estacionarse, viejo y oxidado, a orillas de la vereda. Seis años son muchos y de un tiempo a esta parte me había vuelto un nostálgico incorregible. No quería malograr ese reencuentro con olor a savia, a ducha fría, a sudor de esbozo viril, a cuero redondo y a caminatas que se bifurcaban en esquina, nos vemos mañana, Matías; sí, no faltes porque pienso meterte dos goles... Dos palmadas cálidas en la espalda y a las ocho en punto del día siguiente dos palmadas negras y escuetas fustigando la mañana estival: empezó el entrenamiento, vamos muchachos, dos, tres, cuatro vueltas a la cancha, más rápido, con más ganas y cambio: ahora abdominales y planchas, cambio: ahora charla, cambio: partido de práctica, cambio, cambio, cambio y yo ya estoy harto porque todo es igual un verano tras otro y sigo siendo eternamente el tercer arquero del equipo. Matías por el contrario cada vez más era el *wing* que tanto necesitaba el club y cuántos años tiene el chico, preguntaba un dirigente que observaba con atención nuestros afanes con la pelota, y el entrenador orgulloso, negro e inmenso, ya tiene quince; entonces que alterne con el cuadro juvenil, es hábil, inteligente, veloz, ha practicado duro todo el año y ya tiene dieciséis; entonces que alterne con la reserva y que le hagan su contrato.

Volví a sentir el orgullo un poco triste que experimentan los amigos del triunfador mientras observaba el vuelo encendido de la colilla que Matías arrojó displicentemente al suelo, apenas un chisporroteo breve que se extinguió bajo su pie. El chiquillo recobró el resuello y se alejó de Matías, lanzándose veloz en persecución del otro niño. Buscaron unos burdos palos y se perdieron calle abajo, enfrascados en una lucha enconada y furiosa. Matías alzó ligeramente el cuello de su casaca raída, enfundó las manos en los bolsillos y levantó los hombros como protegiendo las orejas del frío nocturno. Una ligera llovizna había empezado a caer despacio, casi con timidez, y las piernas empezaron a molestarme de nuevo. La humedad limeña, aquella humedad que se engarzaba en jirones de niebla camino a los entrenamientos diarios en el club, me era dañina hasta límites casi intolerables y sin embargo, después de cinco años de haber roto con esta ciudad horrible, con sus edificios plomizos, con su tráfico denso de semáforos inútiles y mi vida de corredor impenitente, no vacilé cuando un matrimonio amigo, preocupado con esa muerte calma que vivía en Arequipa, me invitó a pasar una temporada en este agosto limeño tan parecido a aquel otro, erizado de garúas somnolientas y de noches boquiabiertas recorridas vertiginosamente por que el fútbol fue una linda época y el Sporting Cristal un gran club, pero prefiero ser economista a tercer arquero eterno, cholo, le dije la última vez que vi a Matías, mientras el kinesiólogo del equipo reservista frotaba esas piernas fuertes que sostenían sus diecisiete años de promesa futbolística, minutos antes de un partido. Al terminar el primer tiempo me acerqué nuevamente a los vestuarios —esos vagos privilegios que tienen los amigos— y aspiré con nostalgia el olor de ungüento, sudor y cuero que parecía deslizarse por los rincones estancando para siempre su mezcla acre y fuerte. Los muchachos me saludaron con efusión, me preguntaron un poco burlonamente por los estudios, acepté de buena gana las bromas sobre el verano que me esperaba, encerrado en casa y preparándome para el examen de ingreso a la universidad, y al apagarse el eco de nuestras risas los muchachos se acercaron, dos palmadas fuertes, al entrenador que los llamaba. Me sentí de súbito ajeno a todo y pensé en salir discretamente, pero no sé qué me retuvo allí.

Matías descansaba en una banca. Su pecho blanco en el que aparecía una tímida mata de pelos contrastaba, inobjetable, con el color oscuro de los otros muchachos, todos tensos, atentos a la charla breve del entrenador, una vieja gloria de canas hirsutas y maneras mansas. Incómodo, sintiéndome fuera de lugar, encendí un cigarrillo pero fue peor pues mi intrusión se hizo ostensible. Matías dejó la botella de agua de la que bebía pequeños sorbos y me miró un poco sorprendido o desencantado, porque el cigarrillo entre mis dedos era también la copa que él no bebería y que yo iba a apurar en reuniones a las que mi amigo no asistiría, reuniones en las que el fútbol era solamente un televisado pasatiempo de domingo y no la única forma de ganarse la vida. Recordé aquel primer verano en el club, las lágrimas de bronca, los mil enfados y rabietas cuando los chicos del equipo se burlaban porque para ellos yo no era nada más que un pituquito jugando a que jugaba al fútbol y sólo Matías me aceptó desde el principio y creyó en mí. El entrenador terminó rápidamente la charla y cuando los chicos salían Matías se detuvo un momento, me puso una mano cálida en el hombro y sonrió algo embarazado: «La próxima temporada estaré en el primer equipo», me dijo. Apenas pude darle un abrazo porque la noticia me dejó una confusión extraña en la garganta y además, lo estaban llamando. Me quedé un rato más, haciéndome creer que miraba los afiches y banderines pegados en las paredes, terminé mi cigarrillo y salí. Los amigos con quienes había ido al estadio me preguntaron dónde demonios me había metido tanto rato y recuerdo que después del partido fuimos a casa de Eduardo, a escuchar música y a hablar de lo fregado que estaría el examen de ingreso a la Católica. Pero yo estaba lejano y desatento, Claudia se dio cuenta y creo que se enojó un poco porque cuando le dije que estaba cansado ella prefirió quedarse un rato más con los amigos, ya la llevaría a casa Fito o el mismo Eduardo, que no me preocupara.

El dolor en las piernas me trajo nuevamente al presente de aquella calleja fría y de casitas anquilosadas desde cuya esquina contemplaba a mi amigo que con lentitud encendía otro cigarrillo. Entonces me pareció normal, casi una consecuencia comprensible ese apremio salvaje con que Matías fumaba: seis años eran muchos y desde aquella última tarde en los vestuarios del club yo seguía los triunfos de Matías con la misma intensidad que imprimía al acelerador del Nissan que me regaló papá al ingresar a la universidad; recortaba todas las noticias que hablaban de sus goles de reservista y promesa deportiva con la misma obstinación con que pretendía convencerme de mis propios triunfos, jamás impresos y nunca tan triunfos como los suyos; bebía con la misma avidez con que lo recordaba buscando la portería rival, y el día que aquel periódico nefasto cayó en mis manos busqué desesperadamente alcanzar nuestros recuerdos recorriendo la noche resbaaladiza y traicionera entre los recodos veloces de las calles serpenteantes donde pestañeaban las luces rojas de los semáforos desairados por mi incredulidad, pues Matías Quintos, el gran Matías, promesa nacional y goleador del campeonato, se veía obligado a abandonar el fútbol por una lesión cardiaca que lo imposibilitaba de volver a las canchas, y el viaje a Caracas con la selección juvenil y los partidos en primera división y los dólares que le darían un mejor pasar a la vieja, como me confió alguna vez, se apagaron para siempre, igual que ese último semáforo de mi vida como conductor.

Un hombre demacrado se acercó balanceando su borrachera hasta donde Matías y le dijo algo. Matías le entregó su cigarrillo y esperó con paciencia los torpes intentos del tipo para encender el suyo. Al fin lo consiguió y dándole unas palmadas turbias en la espalda se alejó tropezando por la calle iluminada débilmente. Encendí un cigarrillo con mano vacilante, le di un par de pitadas urgentes y ávidas, lo arrojé a las baldosas húmedas y observé cómo la lluvia, ahora un poco más fuerte, lo convertía en un cilindro blanduzco e inútil. Claudia y Eduardo estarían preguntándose dónde me habría metido y la señora Matilde seguramente conversaba con ellos preparando el ritual alcanforado de sus fricciones. Giré mi silla de ruedas con firmeza y me alejé de allí.

(1994)

El Ekeko

A Fernando Iwasaki

Realmente era un muñequito grotesco, con unas pinceladas negras como bigotes y esa sonrisa congelada y cruel en sus fríos labios de yeso. No era necesario ser un experto para saber que el poncho y los pantalones negros de bayeta eran serranos, con toda seguridad habría muchas versiones de él, claro que sí, su inmemorial necesidad de venganza había brotado como una hidra devastadora, ya Laura me lo aclararía después, pero para alguien de referencias tan completamente urbanas como era yo en aquellos días, el hombrecillo de yeso simplemente iba vestido con algún traje típico del altiplano. Por eso me divertía y resultaba sorprendente advertir la rapidez con que Laura decidía si la vestimenta era de Sincos o de Tarma, si de Cajamarca o de Oxapampa o incluso de cualquier otro lugar menos conocido y cuyo nombre —de inflexiones casi siempre quechuas— en sus ojos parecía colmarse de paisajes escarpados y aire limpio. Para mí sólo correspondían a esa nomenclatura patria de puntitos negros trazados con cartográfica decisión en el atlas que consulté sin mucho entusiasmo a los pocos días de empezar a vernos, algo avergonzado porque ella me había dicho riendo no sabes nada de tu propio país, tonto, es una vergüenza.

Cierto, el Perú que se extendía más allá de Lima era para mí poco más que alguna novela de Arguedas leída en un verano remoto, un viaje con sabor a queso de cabra y viento cortado a navajazos allá por los años setenta con los amigos de la universidad, y sobre todo esas noticias nefastas que difundía el informativo de las nueve, cuando llegaba cansado de la agencia y encendía la tele antes de acostarme. Pero también era Laura y sus charlas atropelladas, entusiastas, llenas de urgencia, las veces en que apareció por mi departamento de Camino Real para envolverme con sus proyectos de viajar al interior y conocer más de cerca alguna comunidad indígena o estudiar los mitos ancestrales y convenientemente barnizados de hispanidad que sobrevivían en los Andes. Como la historia del Muki, ese duendecillo que velaba el letargo precolombino de los cerros horadados por la rapiña castellana desde los negros tiempos de la Colonia. Su venganza era cruel, los derrumbes fatales que se sucedían con horrorosa frecuencia en las minas eran obra suya, me contó Laura una tarde, a los pocos días de conocernos en la comida que ofrecieron los Canessa y a la que asistí un poco llevado por la ausencia de una excusa válida para no hacerlo y otro poco porque desde que ya no estaba Ángela, los sábados por la noche me resultaban demasiado amplios, demasiado vacíos.

Algo de eso debieron adivinar mi socio, Patricio Canessa, y su mujer (qué lejanos, qué imposibles me quedan ambos ahora no obstante su irremediable cercanía), porque a la comida sólo asistieron ellos, naturalmente, yo y Laura, amiga de infancia de Carmen y profesora de antropología en la Universidad Católica. Acababa de llegar de Austin después de dos años de ausencia, y rescato de esa noche sus cabellos cobrizos destellando bajo la luz fragmentada de la araña en el comedor —esa araña cuyos chispazos de cristal conozco ahora hasta la saciedad, hasta la náusea— y su calor sincero al referirse a un Perú arcaico que nos invitó a saborear lentamente en la sobremesa. La velada transcurrió deliciosa, y a la complicidad del estupendo coñac que sirvió Carmen junto con el café se unió la honesta atención que todos prestamos a su charla, a esa extraña seriedad con que Laura avanzaba por nuestro escepticismo cuando empezó a referir ciertos mitos y creencias indígenas. Recuerdo también que en determinado momento cesó bruscamente de hablar, los ojos invadidos por un desencanto que se adivinaba añejo y mientras encendía con manos ágiles un cigarrillo se volvió a mí con una sonrisa lenta y me dijo que quizá no le creía ni una palabra, que todo lo que estaba diciendo me debía parecer algo descabellado o excesivamente proteico, anclado como estaba en el mundo occidental.

Ahora sé por qué lo hizo, pero en ese momento, un poco adormecido por el coñac y la molicie de la noche serena de Monterrico, me pregunté picado por qué se dirigía sólo a mí, Carmen y Patricio también habían sonreído amablemente perplejos cuando Laura empezó a hablar de aquellos mitos como si estuvieran situados más allá de toda duda, tamizados por la certidumbre de lo real. Carmen era una buena anfitriona, hizo una observación sagaz y amable sobre mi arequipeño rechazo para todo lo que no pasara por el filtro de la ciencia y las cuentas claras, todos reímos y Canessa llenó de nuevo las copas, sobre todo las cuentas claras, dijo y la charla describió una parábola que disolvió aquel relampagueo tenso que había enrarecido brevemente el aire, ahora se hablaba del impasse que imponía la legislación norteamericana sobre los vuelos peruanos, problema que nos traía de cabeza en la agencia de viajes, el temperamento piamontés de Patricio lo hizo despotricar un buen rato contra los gringos, pero ya la conversación corría por sus cauces normales, el trabajo, algunas anécdotas ligeras, la situación económica del país, esos temas que en el fondo nos alivian porque son esféricos y tangibles: Laura no era tonta, en el fondo estaba acostumbrada a ese tipo de sobresaltados desvíos cada vez que llevaba la plática a los mitos prehispánicos: cuando no la tomaban por una simple apasionada de su profesión la creían una especie de loca, de niña que sigue creyendo en elfos o mukis, siempre era así, me explicó frunciendo su bella nariz horas más tarde en aquel pub de San Isidro donde recalamos (yo me ofrecí llevarla de regreso, ella había ido a casa de nuestros amigos en taxi), cómplices de una atracción que no pudimos explicar y que no obstante admitimos sin tapujos, entre los martinis secos y los primeros bostezos de esa madrugada, ya camino a su casa.

De pronto todo fue empezando a ser Laura en mi vida, y aún hoy su nombre se me sube a la cabeza como un licor engañosamente suave, como esa chicha dulzona y ácida que me dio a probar en su departamento y que había traído de un pueblito de Ayacucho donde pasó la semana siguiente a nuestra primera cita. Por ahí debe andar en mi departamento, entre botellas de gin y whisky, el frasquito que me regaló aquella noche. Había como un ansia, como un fuego ancestral en sus ojos cuando me lo llevaba a los labios, eso sí lo recuerdo a la perfección. Sin muchos rodeos me pidió que mejor nos quedáramos en su casa, estaba cansada por el viaje (cerca de veinte horas por unas carreteras convertidas en verdaderos barrizales, se quejó) y porque desde que llegó a Lima estuvo visitando departamentos y más departamentos, el suyo de la calle Porta no le terminaba de convencer y por fin alguien —un amigo de la universidad, creo que explicó— le había pasado el dato de una casita en El Olivar. Además, había preparado ocopa, admitió bajando los ojos, sabía por Carmen que me encantaba. Acepté de inmediato, no sólo por el inesperado halago que esa comida significaba, sino también porque después de una semana llena de contratiempos en la agencia por el asunto de unos permisos de vuelo suspendidos, tampoco me provocaba mucho salir, a los cuarenta y tantos ya no se tiene el mismo entusiasmo para ciertas cosas, aunque en el fondo cuesta admitirlo.

Sí, fue esa misma noche, después de la comida, que habló por primera vez del Ekeko. Yo la escuchaba a medias, es verdad, creo que a causa del vaso de chicha, no estaba acostumbrado a ese fermento dulzón y recio de nuestra sierra y sentía la cabeza dándome ligeras vueltas. En algún momento ella se levantó del sofá para al cabo regresar con el muñequito y ponerlo entre mis manos sin decir palabra. No supe qué comentar y me limité a observarlo con cortés atención, era desagradable y tosco: de golpe recordé haberlo visto antes, en la lejana casa de mis ocho años. Una sirvienta puneña lo había traído para mi madre por Navidad y ella lo confinó en un rincón discreto y poco favorecido por la luz, pero a mí me llamaba la atención la cantidad de saquitos y bultos que llevaba encima, como un lastre inmisericorde y caótico: eran pequeñas ofrendas de maíz y habas, de sal y azúcar y trocitos de galleta y mil cosas más, un muestrario apabullante que el Ekeko soportaba con una sonrisa vengativa y sutil. La sirvienta puneña iba añadiendo saquitos y pequeñas bolsas sin que nadie en casa pareciera advertirlo, pero la tarde que el Ekeko apareció con un cigarrillo encendido en los labios la despidieron de inmediato. Recuerdo las voces sofocadas de mis padres tras la puerta del despacho: hablaban de brujería y creencias estúpidas, de malas influencias para mí y cosas por el estilo. La pobre chola se fue llorando y yo no pude preguntarle por qué el cigarrillo encendido, por qué lo iba llenando de bultos, un asomo helado y extraño de miedo me lo impidió.

«El cigarrillo se le pone como agradecimiento por la abundancia que promete, los presentes con que se le carga son los bienes que se le piden, el Ekeko suele ser bueno, a condición de que no se le olvide», oí que decía Laura rescatando suavemente el muñeco de entre mis manos. Levanté la vista sorprendido: había estado recordando en voz alta, sumergido por completo en esos fogonazos de luz y tibieza que me traía el recuerdo de la casa blanca y olorosa, multiplicados sus cuartos y salones por espejos inmensos, los peldaños de la escalera alfombrada, el silencio como un sabor añadido a la aventura, finalmente el pequeño Ekeko en esa consola del pasillo olvidado donde acudí presagiando oscuramente una grave falta, los ladridos de *Sultán* persiguiendo al taxi viejo que se lle-

vó a la sirvienta puneña y que me hicieron correr
hacia la ventana, la piscina espejeando bajo el sol de
enero, imágenes que creía sepultadas para siempre y
que ahora descubría rabiosamente vivas. Pero Laura
estaba otra vez hablando en voz muy baja, bebiendo sorbitos de la copa en que destellaba el amarillo violento de la chicha, y yo empecé a sentir como muy desde adentro que el tiempo burbujeaba
en sus frases, que me estaba ofreciendo algo más
que simples datos sobre el Ekeko: en realidad se
trataba de una creencia preincaica sobre cuyo origen concreto poco o nada se sabía, al llegar los es-
pañoles el Ekeko se convirtió en un diablillo sutilmente disfrazado a la usanza conquistadora, pero
seguía siendo el mismo ser implacable que otorga-
ba prosperidad y bonanza a condición de que se le
rindiera tributo; durante un tiempo que me pareció
larguísimo, entregada al dulce vaivén de la copa entre sus manos, Laura continuó recitando explicaciones, lugares, referencias históricas. Arrullado por
la cadencia de su voz y los sorbos espumosos de la
chicha que ella me servía de tanto en tanto, fui tes-
tigo del hambre ecuménico que extendía sus garras
negras por remotas regiones de la sierra, las migra-
ciones de pesadilla, las invasiones incaicas, las ma-
sacres de los conquistadores, la destrucción lenta
de los gamonales, el oprobio de la civilización, y en
medio de toda aquella brumosa confusión de épo-
cas y lugares, los aletazos colosales del cóndor ma-
jestuoso planeando sobre los escarpados andinos
donde, en la alta noche estrellada, se oían las ple-
garias imperturbables dirigidas al Ekeko, se adivi-
naban las ofrendas, se intuía la paciente espera de
siglos para la venganza minuciosa, las víctimas ele-

gidas por remotísimos designios que escapaban a la comprensión del hombre blanco, algo así creí entender entre ráfagas de sopor y sorbos de chicha.

Ya era bastante tarde cuando me levanté cansado y torpe del sofá. De la calle llegaba el sordo e intermitente oleaje de la noche. Laura pareció despertar de un sueño y se excusó contrita, seguramente me había aburrido, dijo acompañándome a la puerta, y antes de que yo pudiese responder sentí el perfume íntimo de su piel, los labios húmedos buscando los míos. En sus ojos llameaba una promesa y le devolví el beso con hambre y deseo atrasado, pero otra vez había en su mirada esa lejana despreocupación, esa especie de paciencia ancestral que tanto me turbaba. Quedamos en vernos a media semana, ella tenía que preparar unos exámenes y antes del miércoles le sería imposible, me dijo.

Nunca atendemos las claves que nos ofrece el destino, esa sincronía como de palabras cruzadas por la que avanzamos casi siempre a ciegas. En aquella madrugada que ahora descubro lejanísima yo no pude advertir los hilos vertiginosos que me cercaban con esmero de orfebrería: pese a que estaba cansado decidí no regresar de inmediato a casa y paseé sin propósito por Miraflores. Me sentía desasosegado y confuso, y lo atribuí a aquella inesperada resaca que dejan con frecuencia los amores germinales. Recalé finalmente en el Casco Viejo, pero de inmediato me di cuenta que había sido un error. Terminé de dos sorbos el whisky que había pedido y me alejé de esa estridente alegría de voces y copas y música demasiado alta. Pero cuando dejaba el dinero sobre la barra levanté sin razón alguna la vista hacia la estantería donde se amontonaban souvenirs y botellas y descubrí la sonrisa maligna, el bigotillo pintado, los bultos y bolsas que parecían doblegar su figura, y aunque ya en el auto camino a casa me repetía que era un muñequito común, que en muchos negocios y hogares lo tenían como amuleto o adorno, un principio de malestar me secuestró repentinamente, era como si de pronto me hubiera zambullido en el mundo de Laura, en ese otro orden preciso que discurría paralelo al mío.

Supe más sobre el Muki, sobre los Apus, sobre el Chullachaqui selvático y su engañosa cojera, sobre creencias que sobrevivían al desgaste sin fin del tiempo, y en ese demorado detalle que Laura ofrecía sin prisa, mientras escuchábamos música andina —esas melodías que apenas son murmullos tristes, cantos agoreros de no sé qué fatalidad invencible— ella iba iniciándome en un saber que invariablemente desembocaba en el Ekeko, en esa figurilla diabólica que entre huacos y adornos andinos parecía vigilar nuestras charlas y besos, nuestras caricias ebrias, el hambre sin recato que nos asaltó ese miércoles de nuestra cita, nuevamente en su departamento, nuevamente bebiendo chicha y escuchando, como a lo lejos, el tráfico pausado de la madrugada miraflorina.

Me encantaba Laura. Había en ella una fresca vitalidad que al mismo tiempo parecía antigua y sabia, algo que tenía mucho que ver con sus ojos limpios y la manera desenfadada de instalarse poco a poco en mi vida. Empecé a ir por la universidad para recogerla y almorzar juntos, cuando el trabajo en la agencia me lo permitía, e improvisábamos comidas rápidas en su casa, ahora llena de cajas y paquetes a causa de la inminente mudanza.

Creo que en el fondo me gustaba ese equilibrio gitano que ella mostraba andando entre libros empaquetados y sofás cubiertos de sábanas, trajinando en la diminuta cocina con sus recetas típicas a las que al principio puse algún reparo —una vieja úlcera me hacía poco receptivo a tanto condimento— y que no obstante terminaron por seducirme, como la música de Inti Illimani o los Kjarkas. Cuando se lo conté a Patricio Canessa en la oficina, soltó la carcajada y prometió contarle a Carmen el estupendo trabajo de concienciación nacional que estaba haciendo su amiga antropóloga. También le dije que el sábado se las entendiera solito con el trabajo porque yo le había prometido a Laura ayudarla con su mudanza. Canessa se encogió de hombros, había muchísimo que hacer en la agencia y sin embargo pensó que yo merecía un descanso, aunque sólo fuera para partirme el lomo dándomelas de buen samaritano. Eso fue lo que dijo, cuando le hubiera sido más fácil poner su cara de tronco y putear en italiano, teníamos un alto así de facturas que poner al día y él se las tendría que arreglar solo. Ese gesto amable fue mi perdición y por ello le guardo todo mi paciente rencor, esperando el olvido, el despiste que estoy seguro llegará en algún momento.

El sábado llegué temprano, como se lo había prometido a Laura y desayunamos panecillos con queso y leche. También me dio a probar un poco de carne seca, y luego, con los últimos sorbos del café cuzqueño que saboreé sin prisas, encendí un cigarrillo que ella puso traviesamente en mis labios: yo no solía fumar, pero desde que salía con ella, acaso por un deseo de revancha por esa vida de moderación y sobriedad que había llevado hasta entonces, acaso por la subterránea voluptuosidad que había en su gesto al ponérmelo en la boca, aceptaba de cuando en cuando darle unas pitadas a su cigarrillo. Lo único que no había empaquetado era el Ekeko, que continuaba sobre la estantería empotrada de la sala. No lo vayas a olvidar, le dije mientras ella se ponía unos blue jeans viejos y Laura se rió, ya no lo necesitaba, me dijo con un chaleco andino y multicolor en las manos, te he traído esto de Ayacucho, agregó sonriendo, pruébatelo a ver qué tal te queda. No quise desairarla y me lo puse sintiendo que me subían los colores a la cara, además, yo había dejado la camioneta mal estacionada frente a la casa y por eso nos apuramos en bajar los primeros paquetes, los más pesados. Lo que ocurrió después entra en ese interregno de locura y estupor inmóvil que vivo desde entonces. Debió ser el café, o el desayuno abundante, al tercer o cuarto viaje cargado de cajas me flaquearon arteramente las piernas en la escalera. Sudando y trastabillando busqué apoyo en el marco de la puerta y desde allí me dirigí a Laura. Me siento mal, creo que alcancé a decirle sintiendo que una marea verde me subía desde el estómago. Como en sueños vi que ella —estaba de espaldas a mí, fumando pensativa en la ventana, rodeada de bolsas y cajas— se llevaba una mano a los cabellos antes de decirme no es nada, enseguida se te pasará, y creí que me abrazaba pero no era eso lo que estaba haciendo: al principio pensé que se trataba de una broma tonta e intenté quitarme la mochila que me puso a la espalda, pero ella riendo como una niña traviesa me tomó de las manos y se puso a girar conmigo, no es nada, no es nada, eres un mentiroso, decía y yo, descompuesto por un miedo que me atenazó la garganta impidiéndome gritar, explicarle que de verdad me sentía mal, no entendía lo que Laura estaba haciendo, pero entre los giros cada vez más rápidos de los que esa espantosa debilidad me impedía zafarme, iba sintiendo sobre mis espaldas poco a poco más encorvadas, sobre mi torso y mis hombros, un cansancio humillante y traicionero, no es nada, no es nada, mentiroso, y yo no podía gritar, me empezaba a vencer una sensación de escombro y pánico, un torbellino de chispas y sudor frío en los que de tanto en tanto aparecían los ojos malsanamente alegres de Laura antes de abandonarme a una negrura densa cruzada por raudas estrellas fugaces.

Cuando desperté un recuerdo de vértigo me hacía zumbar los oídos. Laura estaba sentada frente a mí, con las piernas cruzadas y fumando uno de sus largos cigarrillos. Discúlpame, me dijo avergonzada, no creí que te sintieras realmente mal, por suerte ya pasó. Se puso en pie y observé que temblaba como si tuviera mucho frío. Por la ventana entraba la noche sosegada y azul, y antes de que yo pudiera decirle algo, ella sonrió, no te preocupes por la camioneta, Patricio viene a recogerla, comprenderás que en ese estado tú no puedes manejar, dijo con dulzura. Cerré los ojos sin pronunciar palabra, abandonado por completo al delicado malestar que todavía persistía como un lento vaivén y me quedé escorado en esa niebla que era la voz de Laura muy a lo lejos, sus pasos por el departamento vacío, el silencio desnudo de la habitación. Debí dormir un buen rato porque de pronto escuché la voz de Laura y otra voz que reconocí de inmediato: Patricio Canessa estaba sentado junto a ella, un vaso de chicha en la mano, y me extrañó que hablara de mí como si todavía estuviera dormido o aún no me hubiera visto. Sí, dijo rascándose la cabeza, él la ayudaría con lo que quedaba de mudanza y luego se llevaría la camioneta, no faltaba más, pero no podía entender cómo el loco de su socio la había dejado así, de buenas a primeras, seguro habría una explicación. Con horror, con un grito sordo y desgarrado que sin embargo no escapó nunca de mi garganta comprendí todo: Laura se había acercado hasta la estantería empotrada como quitándole importancia a todo aquello y dijo que tenía un regalo para Carmen, quedaría lindo en su comedor, junto a la platería, sonrió mientras le explicaba a un Patricio Canessa algo impaciente y distraído para qué eran los saquitos, los bultos, para qué las mil chucherías de colores, para qué mis entreabiertos labios de yeso donde finalmente colocó un cigarrillo encendido.

(1995)

Fracasado social

A Eva Valeije

Ahora ya lo sé todo. Ahora, cuando se me acerca un tipo que pide limosna le miro directo a los ojos hasta que se confunde o me retiro enfadado, y si el tipo insiste en meterme por las narices sus paquetitos de kleenex le digo bien alto: «No me engañas, fracasado social», como para que se entere todo el mundo, y eso basta para que se escabulla de inmediato. Con los viejos hago lo mismo, sobre todo cuando los encuentro en los parques: «Fracasado social», y sonrío ante la súbita palidez, el temblor renovado que los invade. Con algunos niños y con ciertos hombres que leen periódicos en los parques también, me acerco nada más identificarlos y les digo: «Fracasado social», así, bien alto, y ellos no responden, a veces hasta sonríen con un aire insoportable de suficiencia y desdén, dándome bruscamente la espalda. Lo que ocurre es que ahora sé reconocerlos, pero antes no. En realidad, nunca supe que todo esto del fracaso social fuera algo tan complejo. Recién lo advertí hace cosa de seis meses.

Estaba sentado en mi banca del parque cuando llegó el primero que conocí. Al principio yo no me había fijado en él, pero cuando levanté momentáneamente la vista de mis crucecitas, lo vi sentado casi enfrente de donde yo estaba, encogido y artrítico, con unas cejas de mechones enhiestos, como de gnomo, y una expresión densa de viejo so-

litario. Asediado por un tumulto de palomas ina-
gotables esparcía millo con ademanes desinteresa-
dos y perfectos. No había más que verlo para saber
que éste se quedaría, que no pertenecía a esa estir-
pe de ancianos resurrectos que vagan sin parque
fijo esperando la absolución del tiempo o quién sabe qué. Los otros viejos se removían inquietos en
sus bancas con un crujido reumático y apolillado,
tal vez pensando lo mismo que yo. Seguí con lo mío
porque no soy una persona que se distraiga fácilmente de sus obligaciones y al rato me olvidé del
viejo. Me daba gusto sentarme con el periódico y re-
pasar los anuncios de trabajos que había visto aquel
día. Me quitaba la americana, mojaba despacio la
punta del boli —es una manía mía, a Candelaria le
sacaba de quicio— y les ponía una crucecita roja a
los visitados durante la mañana. En casa tengo api-
lada en varios cajones la sección Ofertas de Trabajo de los periódicos revisados durante más de dos
años, y los domingos por la tarde todavía me gusta
mirarlos porque es como pasear por un cementerio minúsculo, lleno de crucecitas rojas y solemnes,
perfectamente alineadas. Cuando se lo comenté a
Candelaria me dijo: «Sí, un cementerio del que tú
eres el sepulturero», pero yo no lo hice caso y seguí almacenando las hojas de periódico. No puedo
ocultar que estoy orgulloso de mi colección.

Por eso cuando estaba en el parque (ahora
no, ahora huyo de los parques, de los viejos, de los
limosneros, de los parados, de los niños) apenas me
fijaba en nada más que las crucecitas que iba le-
vantando despacio y cuidadosamente sobre los avi-
sos. Luego sí, luego me gustaba mirar alrededor y
fijarme en los viejos, sobre todo en los ocasionales,

porque a los viejos viejos (puede parecer una redundancia, pero en atención a la frecuencia con que visitan el parque hay viejos viejos y viejos nuevos) ya los tenía más que vistos. Los hay también ocasionales, y ésos suelen ser los más inquietantes porque cuando aparecen por primera vez son observados con desconfianza por los otros, nadie sabe si éste se quedará, si tendrán que aceptarlo a regañadientes en su comuna decrépita y matutina. Al menos era lo que yo pensaba, sin darme cuenta todavía, hasta esa mañana, de que la realidad era mucho más complicada.

Pero en aquel viejo nuevo que acababa de llegar al parque había un aire vanidoso y esquivo, una cierta resolución que no lograba disimular su pulso tembleque ni sus parpadeos rápidos y legañosos. Los días siguientes siguió apareciendo por allí más o menos a la misma hora y retirándose justo cuando cruzan el parque las niñas del colegio cercano. Parecía como ensayado: apenas se dejaba oír el griterío de las chiquillas acercándose por uno de los senderos del parque, el viejo se levantaba en medio de un revuelo de palomas. Resultó ser más cronométrico que ninguno, por eso no dudé en darle mentalmente una plaza como viejo nuevo. Así todos los días.

La mañana en que apareció el otro hombre yo había llegado algo tarde y sólo continuaban en el parque el viejo nuevo y otros dos, pero éstos ya se iban. El hombre aparentaba haber cruzado esa edad siniestra en que se empieza a ser socialmente un desecho si es que uno no está integrado en el tejido laboral (ahí está, ven, ésa es una palabra que me gusta: tejido laboral, a veces sueño con ella). Era rubicundo y óseo, con unos ojos apacibles de doncella que contrastaban violentamente con sus facciones atormentadas. Tenía una revista ajada en la mano y de vez en cuando la enrollaba con furia, como si lo asaltaran bruscos pensamientos malignos. Lo que más me extrañó fue que llevara una gabardina en plena canícula, que es otra palabra que me gusta, y que he encontrado ya en dos tests de empleo.

Yo había terminado con mis crucecitas y estaba a punto de levantarme para ir por mis dos cañas de media jornada, pero se estaba tan bien allí que decidí regalarme con unos minutos más, escuchando el griterío de las niñas acercándose. Todo fue demasiado rápido y al principio, cuando lo vi incorporarse con absoluta tranquilidad y dirigirse hacia el grupo de colegialas no comprendí bien qué fue lo que ocurría. Estaba de espaldas a mí y de pronto abrió su gabardina como un extraño murciélago o una figura luciferina. Sólo cuando las niñas salieron gritando en estampida, me di cuenta de que el hombre no llevaba nada bajo la gabardina. Pude ver sus canillas flacas y llenas de pelos como cerdas, los zapatones de alpinista en los que hasta ese momento no me había fijado. Luego se fue caminando despacio, en medio del silencio irreal del mediodía, aparentemente absorto en sus pensamientos como un transeúnte cualquiera. Al parecer el viejo nuevo no se había dado cuenta de nada y, contra su costumbre, seguía arrojándoles millo a las palomas con movimientos robóticos.

En el bar me tomé la primera caña pensando en el exhibicionista, en el carácter vagamente teatral con que había ejecutado su acto. Era idéntico a los exhibicionistas de las películas y pensé no sin cierto desencanto que los estereotipos habían minado toda espontaneidad en la gente, una pena. Terminé despacio la segunda caña, arrojé el periódico en una papelera, doblé con cuidado la sección Ofertas de Trabajo, ahora llena de crucecitas rojas, y me fui a casa a mecanografiar más currículos y a seguir con mis clases de Radio Ecca.

No volví a ver a aquel hombre sino hasta dos o tres semanas más tarde. Aquella mañana había resultado estupenda: coloqué siete currículos y en dos empresas me hicieron tres o cuatro preguntas más de las habituales, lo que siempre resulta de agradecer, no porque signifique nada en especial sino porque altera mínimamente la rutina y eso, repito, siempre es de agradecer, aunque a Candelaria le pareciera una estupidez. En el parque estaban los viejos, imperturbables como lagartos al sol, arrojando millo y masticando trabajosamente la nada con sus encías carcomidas, porque así suelen hacer los viejos. Saqué el bolígrafo, le mojé la punta y empecé a llenar de crucecitas el periódico. Al poco rato apareció el exhibicionista, se sentó con su periódico frente al viejo nuevo, y empezó a hojearlo sin interés. Los otros viejos ya se habían marchado. Aunque tenía mucho que hacer, decidí quedarme. Me daba curiosidad saber cómo se comportaría ahora, pues no llevaba la gabardina. Cuando aparecieron las niñas por el sendero alfombrado de hojas crepitantes, el hombre les cerró el paso y antes de que ellas pudieran darse cuenta se bajó los pantalones con una celeridad profesional y encomiable, haciéndolas huir como la primera vez. El viejo nuevo seguía esparciendo millo, rodeado de palomas rumorosas, ajeno por completo a lo ocurrido.

Nada habría cambiado para mí si ese mediodía no me hubiera olvidado el periódico en el parque. «Las cruces», pensé en el bar, sintiendo un vértigo helado y traicionero que me aflojó las piernas. Dejé atolondradamente la caña y me encaminé hacia la banca justo en el momento en que el viejo nuevo se levantaba, desenroscaba su bastón como si fuera un taco de billar y con paso atlético se perdía en la densidad amazónica de aquel sector del parque. No pude resistir la tentación de seguirlo: lo vi cruzar Méndez Núñez, coger por Santa Rosalía y sumergirse en la penumbra de un bar. Apostado en la barra estaba el exhibicionista, bebiendo una cerveza. El viejo nuevo se le acercó dándole unas palmadas afectuosas y se pusieron a charlar animadamente. Yo, que había recuperado mi periódico, me oculté tras él y pedí una cerveza. El viejo nuevo se bebió de un golpe la caña que le puso el camarero y cogió un puñado de manises que fue tragando con ademanes rudos de estibador. Pidieron después unas raciones de calamares o croquetas —desde donde estaba no podía distinguir bien qué era—, luego ambos bebieron café y consultaron sus relojes. Se dieron otra vez palmadas de viejos compinches y salieron. Pagué y fui detrás de ellos, pero tomaban caminos distintos. Pude escuchar que el exhibicionista le decía al otro: «A las once estoy terminando en La Granja, pásate por ahí luego y avísales a los demás». Enseguida cogió un taxi y el viejo nuevo se encaminó otra vez hacia el parque. Antes de llegar allí su andar se hizo más lento, como si cada paso que daba lo fuera devolviendo a la decrepitud. Compró una bolsa de millo, desenroscó el bastón y ahora, convertido nuevamente en el anciano crepuscular que yo había conocido, se sentó en una banca desde donde empezó a echar con primor el millo que atraía a las palomas.

Pese a que todo aquello me resultaba extraño y había perdido las lecciones de Radio Ecca y el documental de la Dos, después del almuerzo fui a la Plaza del Príncipe porque no tolero romper mi rutina; el caos y el desorden me causan espanto: al caer la tarde me gustaba ir por allí, donde me confundía con gente de mi edad, voraces lectores de periódicos que como yo probablemente también estaban en el paro.

Poco antes de las once de la noche me dirigí al parque La Granja y no fue necesario que diera muchas vueltas para ubicar al exhibicionista: estaba sentado en una banca solitaria, con su aire taciturno y atormentado, y cuando pasaba una chica haciendo footing o caminando apresurada se bajaba fugazmente el pantalón o hacía un gesto obsceno, lleno de furia y demencia, pero luego, cuando quedaba solo (él no me había visto, yo estaba detrás de un árbol) volvía a ensimismarse como si aquello no fuera con él. Parecía impaciente.

De pronto escuché voces y pisadas a mi espalda y casi no tuve tiempo de esconderme: el viejo nuevo y otros más aparecieron caminando y charlando despreocupadamente hasta llegar donde el exhibicionista, que los esperaba con una sonrisa. Pero también estaba con ellos un hombre de barba y aspecto estragado que tenía varios paquetitos de kleenex en la mano: de golpe recordé ha-

berlo visto abalanzándose sobre los coches deteni-
dos en la Rambla, gimoteando y ofreciendo sus pa-
ñuelos desechables. Al poco rato llegaron dos niñas,
dos colegialas de aquellas a quienes el exhibicionista se encargaba de amedrentar y otro hombre
cuyo rostro también me resultaba familiar: ahora sé
que es uno de los tipos que acuden a la Plaza del
Príncipe, uno de esos devoradores de periódicos
que copan las bancas de los parques. Oculto detrás del árbol pude escuchar lo que decían aunque
al principio no entendí bien de qué estaban discu-
tiendo, a veces a gritos y quitándose la palabra unos
a otros. Hablaban de los salarios de hambre que re-
cibían, de la injusta situación laboral a que estaban sometidos; las niñas parecían más enfadadas
que los otros y el vendedor de kleenex exponía argumentos llenos de lógica y sentido común: puesto que ellos se encargaban de sustentar el tejido laboral (escuchar esa palabra hizo dar un vuelco a
mi corazón) en calidad de fracasados profesionales,
manteniendo así el equilibrio necesario de despro-
porción social en el país, era justo que se vieran
mejor retribuidos. Además, intervino arisca una de
las niñas, los cursillos de capacitación resultaban
insuficientes y obsoletos. No sólo eso, dijo la otra,
fumando, sino que además faltaba personal para
cubrir distintas plazas, ellas no podían hacer de es-
tudiantes problemáticas, de frívolas playeras y pi-
bas de discoteca, ese pluriempleo era anticonstitu-
cional. Sobre todo eso, dijo el lector de periódicos
con una voz rencorosa y grave, el plus de horas ex-
tras era una miseria, ¿cuándo se iban a convocar
oposiciones? Volvieron a alzarse las voces encendidas de todos, interrumpiéndose frenéticamente, has-

ta que el exhibicionista dijo que, como delegado
sindical, les comunicaba la buena nueva: se convo-
caban plazas para fracasado social dentro de poco.
Sentí que se me humedecían las palmas de la mano. Sin pensarlo más me acerqué a ellos y aprove-
chando el momentáneo desconcierto que les produjo
mi presencia, les dije que por casualidad había escuchado su conversación y que estaba perfectamente
capacitado para cualquiera de aquellos trabajos. Es
más, añadí pensando en mi providencial colección
de crucecitas, tengo dos años de experiencia que
puedo demostrar; hay más de quinientas empresas
que pueden avalar mi condición de parado y cabal
incompetente (al decirlo pensé en Candelaria, ella
opinaba así). Observé que se dirigían miradas de
soslayo cuando el exhibicionista me invitó a sentarme junto a él. Bueno, amigo, me dijo ofrecién-
dome un cigarrillo, sólo es cuestión de rellenar este
formulario —una de las niñas sacó un impreso de
su mochila— y enviarlo a la dirección que tiene allí.
Puede que nos sirva, agregó. ¿Cuál es su especiali-
dad?, preguntó el viejo nuevo adelantando su rostro de gnomo hacia mí. Lo pensé unos segundos y
dije que cualquier cosa, aunque en realidad mi experiencia se centraba fundamentalmente en el paro. Soy un parado con experiencia, añadí resuelto,
incluso hago chapuzas de vez en cuando. Se miraron dando aprobativas cabezaditas. No había más
que hablar, dijo el exhibicionista, estaba a tiempo
para preparar las oposiciones, aunque eso sí, me advirtió: mucha discreción.

    Esa misma noche cuando se lo conté a Can-
delaria, como de costumbre no me creyó. Pero ya
no me importaba, como no me importó en ese mo-

mento que hiciera sus maletas, murmurando desvaríos, acusándome de haber perdido el juicio —pasaba por una fuerte depresión nerviosa, la pobre— y se largara. Así, intempestivamente y a medianoche. Yo creo que estaba celosa porque era un empleo bien retribuido y no cualquiera podía acceder a él. Esperé cerca de un mes la contestación a mi solicitud y cuando ésta llegó, rellené con ansia los nuevos impresos que adjuntaban. Hice un examen lleno de preguntas engañosamente fáciles (cuántos periódicos revisaba al día, qué vestimenta usaba para ir a los parques, cosas así) y luego de otro mes me llegó la contestación definitiva. No me aceptaban. Con mi currículum y no me aceptaban. Pero claro, como todo en este país, para ser un fracasado social también se necesita manga.

(1997)

Cosas de niños

A Lola Arancibia

Venga por aquí, dice la señora Elvira arrastrando el reumatismo entre los muebles, abriéndose
paso con súbita agilidad, descorriendo la funda que
cubre la jaula del canario, venga por acá y tráiga-
lo a Lino, dice arrimando los sofás aún dormidos
bajo las fundas blancas. La enfermera descorre las
cortinas y deja que el sol inunde la habitación con
su amarillo tibio que invita a la modorra, a contemplar el mar, los edificios que esquinan el cielo
miraflorino, esas nubes algodonosas que acabarán
disipándose en breve, hacia el mediodía como mucho. A lo lejos se escuchan las sirenas frenéticas de
unos patrulleros y luego todo vuelve a quedar en
silencio, más disturbios, piensa la enfermera. Los
haces de luz atrapan minúsculas partículas de pol-
vo que flotan ingrávidas y vagamente luminosas,
como una visión diminuta del cosmos, se dice la
señora Elvira, que está más concentrada en las
reacciones de su nieto ante la súbita presencia del
sol y del calor, después de tanto tiempo en ese encierro húmedo y aséptico de la clínica del doctor
Montez, pobre, lo que habrá sufrido, piensa y de
inmediato siente una opresión en el pecho, no quería ni imaginar. La enfermera también está a la
expectativa, a la caza de ese primer gesto de asombro o placer que no tarda en formarse en el rostro de Lino. La enfermera ya venció el repudio ini-

cial, el rechazo que experimentó por Lino al presentarse por primera vez en su habitación densa y oscura; ahora incluso siente por él algo confuso que bien podría llamarse afecto, conmiseración, vaya una a saber. Pero la conmiseración debería guardársela para esos niños que habían inundado la ciudad y parecían multiplicarse entre los escombros y los basurales, pensó sombríamente, merodeando al principio por las noches y luego a plena luz del día, muertos de hambre y sin que nadie se explicara de dónde habían aparecido, eran tantos y tantos.

Lino no le ha prestado mucha atención al sol y sus ojos parecen no registrar ese horizonte de techos y antenas que segmentan el mar, un azul intenso que cambia de tonalidad, de ritmo, y se vuelve más tenue y uniforme hacia el fondo: el cielo. Su mirada sigue con aprehensión los saltitos nerviosos del canario que espía a su vez la quieta contemplación de que es objeto. La señora Elvira y la enfermera se miran cómplices, le gusta el canario, mírelo cómo se ha quedado quietecito, sonríe la abuela y antes que la enfermera pueda detenerla extiende una mano hacia la cabeza de su nieto para acariciarlo. Lino parece no percatarse hasta que la mano blanca y pecosa le sesga el cabello. Entonces chilla sobresaltando a las mujeres, grita con su voz gutural y sorda, se aleja tropezando, sin dejar de apretar la mano de la enfermera, ¡Lino, no!, cada vez más fuerte. La señora Elvira retrocede unos pasos y su cabeza golpea contra la jaula del canario que da saltos frenéticos, tontos remedos de vuelo, golpeándose contra los barrotes, salpicando el agua y el alpiste, ¡Lino, no!, la enfermera intenta dominar el pánico porque la mano de Lino sobre la suya aprieta cada vez con más fuerza haciéndole recordar a la pobre Marta, llorando, a punto de desmayarse entre los brazos de los dos enfermeros que la sacaban de la habitación, ensangrentada y con el uniforme desgarrado. Ella pasaba rumbo a la habitación contigua y había aprovechado para mirar hacia la penumbra del 27 y antes que lograra atisbar algo el doctor Montez la apartó de un manotón, qué mira carajo, cerró dando un portazo, hecho una furia, él que era siempre tan correcto, tan educado. Unos días después —lo recordaba clarísimo porque fue el día que se encontraron los primeros cadáveres de niños en Cieneguilla— el propio doctor Montez la llamó a su despacho como si nunca hubiera ocurrido nada y le anunció que ella se iba a encargar del paciente del 27. La enfermera pensó que la paga extra que recibiría, casi el doble de lo que ganaba, le vendría muy bien, sobre todo ahora que las cosas estaban mal y se rumoreaba lo de la intervención del ejército, qué barbaridad, al fin y al cabo sólo se trataba de unos niños. Pero por otro lado pensaba también en Marta, en Marta llorosa y ensangrentada. El doctor Montez adivinó las dudas de la enfermera y le explicó el singular caso de Lino, su extraño metabolismo, el atroz linaje que corría por sus venas y la situación especial de su familia, que se desentendía de él, dejándolo en manos de la abuela. «Una de las familias más influyentes del país, ya sabe usted», había dicho el doctor evasivamente. Le habló también del error que cometió la señorita Marta, error que usted no debe cometer, insistió mientras ella asentía en silencio. Y ahora su propia abuela metía la pata.

¡Lino!, vuelve a decir la enfermera sobreponiéndose al dolor casi insoportable en la mano y le habla con firmeza sin dejar que se note su miedo —«sobre todo no le demuestre miedo nunca», había dicho el doctor Montez aquella tarde—, Lino, mira el canario, mira qué bonito el canario, te está mirando también, mira mira, y Lino relaja poco a poco la presión sobre la mano antes de soltarla completamente como si ya no le interesara. Sus ojos ahora están clavados en el canario.

La señora Elvira está apoyada contra la pared, agitada como cuando sube las escaleras, y no deja de mirar a la enfermera que se frota suavemente la muñeca enrojecida: disculpe usted, musita, no pensé que fuera a reaccionar así ahora que ya no estamos en la clínica. Él creció aquí, ¿sabe? Imaginé que algún recuerdo tendría, que no se comportaría así, disculpe usted. La enfermera intenta sonreír pero de inmediato recuerda el rostro congestionado de Marta, su uniforme hecho jirones, casi un mes de licencia, y siente que le sube una rabia funesta: si no va a respetar las indicaciones del doctor Montez me veré obligada a informarle, dice secamente y se arrepiente porque la pesadumbre ha cedido paso al miedo en los ojos de la anciana, no por favor, olvidemos esto, le prometo que no volverá a ocurrir, dice la señora Elvira extendiendo una mano hacia la enfermera que no puede evitar un latigazo de repulsa ante ese contacto blando y frío, ante la devota entrega de aquella mujer para con su nieto, con quien inevitablemente se cerrará esa genealogía embrutecida de familia poderosa y agonizante. Ahora Lino vuelve a estar tranquilo y ha esbozado su sonrisa —su particular sonrisa, esa mueca repulsiva y con babas que sólo puede parecerle un gesto afable a quien lo conoce— y mira a la enfermera como mostrándole su descubrimiento. El pajarillo se ha calmado un poco y observa estático desde su trapecio. Sí, sí, dice la enfermera suavemente, el canario. Todavía duda si cogerlo de la mano o no, tiene miedo pero es ahora o nunca, recuerda las instrucciones del doctor Montez y a la vez que coge la diestra de Lino le dice mira, siéntate aquí para traerte la comida. Lino parece no darse cuenta y acepta que lo instalen frente a la ventana pero luego protesta y entre la señora Elvira y la enfermera le mueven la silla para que pueda seguir mirando al canario, ahora con siniestra atención, como si la alegría del descubrimiento hubiera dejado paso a un lento calibrar posibilidades. La señora Elvira parece haber captado algo y se lleva una mano al pecho, Jesús, no vaya a ser que, murmura mirando a la enfermera. No creo que pase nada, dice ésta sonriendo, ahorita se olvida del pajarito. Voy por su almuerzo, añadió tratando de parecer natural, de no sucumbir al horror y al asco diario de cocinar la comida de Lino, porque lo peor no era eso sino la preparación exquisita y mensual que coronaría la dieta de Lino, las sórdidas entregas que enviaría el doctor Montez desde la clínica. Cuando Marta se lo contó, ella no lo pudo creer, pensó que le estaba tomando el pelo. La enfermera enciende la radio portátil que ha llevado a la cocina y busca una emisora en que pongan algo de música, pero es en vano, todas se ocupan de los niños, de los cuerpos degollados que aparecen en los basurales, en casas abandonadas y fosas comunes. Encendió finalmente la hornilla escuchando los pasos de la señora Elvira que se ha acercado a su nieto murmurando tontas frases cuyo único sentido es mantenerlo así como está ahora, tranquilo, callado, sumido en una especie de letargo y balbuceo que lo devuelven a ese mundo donde sólo habita él, quién pudiera saber lo que pasa por esa cabecita, piensa la señora Elvira e instintivamente alarga un brazo hacia Lino pero lo mantiene allí, a pocos centímetros de sus cabellos mientras escucha el crepitar del aceite donde la enfermera debe haber dejado caer algo. La señora Elvira cierra los ojos pensando en ese algo que es la comida de Lino, eso que el doctor Montez le dijo que era parte de su dieta, entre carraspeos y vacilaciones, escudriñando la reacción de la anciana y apresurándose en explicar que la constitución de Lino, el metabolismo de Lino, el caso singular que es Lino. Igual es mi nieto, piensa la señora Elvira sobreponiéndose a las imágenes de ese algo en la cocina, eso a lo que tendría que acostumbrarse de aquí en más, igual que encerrarlo cuando la lluvia, igual que las cortinas espesas de la habitación, pero sobre todo su dieta, señora, por lo menos una vez al mes, había dicho el doctor Montez, ya la señorita enfermera está al corriente de todo y ella me irá informando porque el caso, desde el punto de vista médico —entiéndalo así, por favor—, es inaudito. La señora Elvira observa a su nieto que ahora mira por la ventana, atraído por el bullicio de un grupo de niños desarrapados que atraviesa la calle. En ese momento aparece la enfermera y se sienta a su lado evitando mirarla a los ojos y diciendo en un momento estará lista su comida, antes de coger las madejas de lana y unas agujas. La señora Elvira asiente en silencio y se acerca a la ventana desde donde observa al grupo de niños, mugrosos, famélicos, desesperanzados, avanzando hacia el parque cercano y piensa distraídamente en las palabras del doctor Montez, no debería olvidar que por lo menos una vez al mes.

(2000)

La noche de Morgana

A Conchi Hernández y Javier Dito

Resignación, suspiró Morgana al llegar a la Plaza de Armas. Desde allí contempló el relumbrón amarillo de los reflectores dispuestos frente al Palacio de Gobierno, el juego de luces y sombras que tejían una siniestra malla sobre las tanquetas amenazantes que patrullaban con lentitud el perímetro de la plaza. Algunos soldados fumaban y rondaban entre los jeeps del ejército, verdes e inmóviles como lagartos. Todavía en la esquina, vacilante y sin admitir la escaramuza del miedo que le recorrió la espalda, Morgana se cerró el saquito ligero que llevaba puesto y suspiró nuevamente antes de decidirse a avanzar. A mala hora se le ocurrió decirle que no a María Luisa cuando ésta subía al carrito azul de su marido, ¿te llevamos?, y Morgana apenas le ofreció una sonrisa cortés, no, había respondido, en cinco minutos estoy en el paradero. En realidad no quería ganarse la discusión que con seguridad se iniciaría entre ellos. Ya varias tardes María Luisa había corrido de pronto a refugiarse en el baño y cuando salía con los ojos hinchados, el pesado del señor Martínez se acercaba a su escritorio, apoyaba sus dedos huesudos en la mesa y su rostro se chupaba en una sonrisa desabrida, ¿otra vez problemas amorosos, señorita? Descarado, eso es lo que era el viejo verde, caray, comentaban entre ellas cuando Martínez se alejaba furioso por los desplantes, pero la verdad era que la pobre María Luisa andaba mal con Antonio, a diario se enojaban. De todas formas era envidiable asistir a esas peleas y reconciliaciones intermitentes que mal que bien parecían situarlos a salvo de lo otro, de lo que empezó a crecer como un tumor en el país desde poco más de medio año y que ocupaba la atención general sin permitir resquicios para un respiro, para seguir viviendo en la rutina de las explosiones y los cortes de luz y los coches bomba que desde hacía seis meses resultaban una tontería frente a la magnitud de lo que estaba ocurriendo.

Morgana apretó instintivamente su cartera cuando pasó frente a un grupo de soldados, olían a sudor y en los rostros cetrinos las facciones parecían cortadas a cuchillo a causa de la tensión. Uno de ellos la piropeó y los otros estallaron en carcajadas, mejor ni hacerles caso, podían pedirle el salvoconducto y hacerle problemas, lo que pasó con Andrés fue un atropello abominable, recordó ensombrecida, pero no pudo evitar otra vez esa maldita sensación cuando enfrentó —sin poder evitarlo, como si no fuese cosa suya— la mirada procaz del soldado. Sintió que enrojecía, qué cosas piensas tarada, y apresuró el paso hasta alcanzar el límite de la plaza, atrás dejaba las voces, los silbidos, las risas encendidas. Era culpa suya, maldición, ¿qué le ocurría de un tiempo a esta parte que ante la presencia de un hombre unas ráfagas repentinas e hirvientes le hacían bullir la sangre con algo que malamente se parecía a la lujuria? Al principio había pensado convencida que era simplemente la nostalgia que sentía su cuerpo por el cuerpo de Andrés, porque Carmelo, bueno: qué se le podía pedir a ese amor que parecía hecho con alas de mariposa. Pero después de esas noches solitarias cuyo recuerdo aún la hacían enrojecer repentinamente supo que no era sexo lo que le pedía su cuerpo (o su alma, vaya, qué más daba). Era otra cosa, violenta y dulce como el sexo pero más acuciante, más..., pero bueno, qué tonterías piensas, Morgana, se dijo fastidiada mirando el Palacio de Gobierno que parecía envuelto en llamas a causa de los reflectores. ¿Qué estaría ocurriendo allí? Desde que se agudizaron los problemas no se hablaba de otra cosa, en los periódicos, en la radio y la televisión, en los ómnibus y en los cafés y hasta en las oficinas. En un inicio a ella no le importó gran cosa, andaba aún extraviada en ese dolor apabullante que significó lo de Andrés, qué le podía importar lo que sucediera en el mundo, asistía como desde lejos a la conmoción general que vivía el país, pero recién tuvo una oscura conciencia de lo que realmente estaba sucediendo cuando tía Nena, tan suave, tan blanca, tan indiferente a la vida desde quién sabe cuántos años, había dicho la otra noche que sería el fin, que no se podría hacer nada salvo esperar, que había que tener resignación, y a ella se le encogió el corazón como un puño porque tía Nena permanecía varada en el laberinto de un mutismo senil y gelatinoso del que parecía salir a flote en rarísimas ocasiones.

Cuando alcanzó la plazoleta donde cabalgaba inmóvil la estatua de Pizarro volvió a detenerse: la calle estaba completamente oscura y no rodaba ni un solo auto. Morgana creyó ver sombras que se escurrían hasta disolverse en los portales de las casonas viejísimas que se apoyaban unas a otras como vencidas por el tedio. A sus espaldas sonaron los campanazos de la Catedral. Imposible cruzar nuevamente la Plaza de Armas y deshacer el camino hasta Abancay. Los soldados volverían a molestarla, se encenderían al verla pasar otra vez frente a ellos, pensarían que los provocaba. Maldito señor Martínez, pensó sin tapujos, cuánto se había empeñado en que ellas adelantaran un balance innecesario y laborioso. Con lo que estaba pasando en el país de qué le servirían los malditos balances. Todo había sido un sucio truco para abordarla, porque cuando salieron de la oficina y luego de que María Luisa se fuera con el marido, el viejo la alcanzó en la primera esquina, solícito y esbozando esa sonrisita asquerosa que Morgana había aprendido a odiar desde que empezó a trabajar con él, y le propuso llevarla hasta su casa, era peligroso que fuera sola por las calles, hoy hablaba el presidente y con toda seguridad Lima estaría paralizada por completo. Morgana lo miró directo a los ojos hasta que el viejo se confundió. No gracias, le dijo sin poder disimular la dureza de sus frases: ella tomaba el colectivo en la avenida Tacna y en un dos por tres estaba en su casa. Todavía alcanzó a oír la voz despechada de Martínez diciéndole que no encontraría ni un taxi, la ciudad estaba paralizada, tendría que hacer el trayecto a pie, le podía ocurrir cualquier cosa, aun llevando salvoconducto era peligroso andar sola. Y a ella qué le importaba, pensó Morgana en aquel momento, pero ahora, frente a la calle desierta y ciega por la que empezó a caminar, ya no estaba tan segura. Hubiera sido preferible aceptar el auto de Martínez, sus estúpidas confianzas, su cháchara cargada de doble sentido, las miradas codiciosas que le dirigía al escote cuando se acercaba a su escritorio por cualquier tontería. Al principio aquello la molestaba, pero después y muy de mala gana tuvo que admitir que un relente de calor la sofocaba cuando al acercarse al archivador o al escritorio de María Luisa, los ojos de Martínez la seguían con esa avidez quieta que destellaba tras sus gafas de montura adusta. Era algo incontrolable y se enfurecía con ella misma por provocarlo, pero en el centro mismo del rencor que reservaba para ella latía la sospecha de que en realidad no provocaba a Martínez, era esa otra cosa incontenible que se apoderaba de su cuerpo y que la mantenía confusa e irritable. Sólo Carmelo aceptaba sus arranques de mal humor y eso la enfurecía todavía más.

Al terminar la primera cuadra tuvo que contener la risa porque había estado caminando casi de puntillas, como si temiese despertar el derruido sopor de los balcones y portales. Sin poder contener un arrebato pueril de curiosidad empujó un portón para atisbar el zaguán, aquellos viejos caserones convertidos en conventillos promiscuos y misérrimos le atraían sin causa conocida. Flotaba un vaho denso y remoto en el aire de aquel lugar y si no hubiera sido por los murmullos apagados que llegaron hasta ella habría pensado que estaba abandonado. En la oscuridad del patio innoble refulgían atentos unos ojos amarillos que la siguieron con interés. Gatito, gatito, murmuró Morgana acercándose al animal. El gato saltó sigilosamente hacia el rellano de una escalera que desaparecía en la oscuridad y desde allí continuó observándola sin asomo alguno de inquietud. En el abismo incon-

mensurable de aquellos ojos atentos Morgana creyó
atisbar la certeza de la eternidad, se sintió repentinamente fascinada, lejana, frágil. Nunca supo cuánto tiempo estuvo allí. Como de muy lejos le llegó
el ronquido de las tanquetas desplazándose lentas
como orugas en torno a la Plaza de Armas. Se levantó pesadamente (sin darse cuenta había estado
en cuclillas), cruzó el portón y continuó caminando por la calle desierta pensando que se le estaba
haciendo tarde y que realmente sería difícil conseguir un colectivo o un taxi; mamá y tía Nena la
estarían esperando con la comida lista, seguro aten-
tas al mensaje del presidente que transmitirían en
cadena todos los canales de televisión y las radios.
Imaginó a su madre sentada frente a la tele con un
plato de sopa del que apenas probaría unos sorbos, el minucioso movimiento de los ganchillos en
las manos de tía Nena, su bisbiseo interminable de
anciana, su mirada desprovista de color y la sonrisa casi abstracta con que respondería al saludo de
Carmelo, porque a esta hora ya estaría en casa, pensó Morgana fastidiada cuando cruzó la callecita
que desembocaba en el colegio Santo Tomás de
Aquino. Había un teléfono público en la esquina
y Morgana pensó llamar para avisar que ya estaba
en camino y que no se le ocurriera a Carmelo ir a
buscarla. Pero pasó de largo, de todas formas ya no
le faltaba mucho para llegar a Tacna, al paradero
de los colectivos, a esa otra oscuridad conocida después de los quince minutos que duraba el trayecto
hasta su casa donde Carmelo estaría esperándola
con su roja boquita de ex seminarista, qué horror,
y sus maneras lánguidas, con su amor de encajes y
naftalina (qué vio en él, Dios Santo, qué vio en él),

sonriente y educado mientras endulza despacio la taza de té que mamá le ofrecerá remilgadamente antes de contarle la historia de sus desdichas, el abandono de papá hace mil años, la estrechez que las acorraló en la casita de Francisco Pizarro hace quinientos, rodeadas de maleantes y gentes de mal vivir, la pensión de viudez que las ayudaba a malcomer, el fardo inútil en que se había convertido la tía Nena después del segundo ataque, era como una madre, como una abuela, como un trasto viejo en realidad, no lo dirá pero es igual: qué irá a pensar usted, Carmelo, no hago más que molestarlo con historias tristes, y Carmelo se confundirá, como tantas otras noches idénticas, por favor señora, qué cosas dice, hay que tener resignación, ante todo resignación, ya ve lo que está ocurriendo en el país, y le apretará cálida, muy dulcemente la mano a ella que finge mirar la tele, te detesto mamá, te detesto Carmelo, odio esa resignación cómplice en que se atrincheran como gusanos, pero no dirá nada, se quedará callada hasta que mamá qué barbaridad, cómo vuela el tiempo, ya es hora de que se acueste la tía Nena, y entre los pasitos temblones de la anciana y el canturreo de mamá mientras lava los platos se cerrará ese acto ensayado hasta lo abominable y empezará lo otro, el pudor de Carmelo y sus ojos cándidos, la sonrisa bondadosa que le dirigirá a Morgana cuando su madre se acerque a ellos y les dé las buenas noches y nada de quedarse hasta muy tarde viendo la tele, que mañana hay que madrugar, ellos son jóvenes y pueden trasnochar, pero ella en cambio: hasta mañana mamá, dirá Morgana resoplando mientras se licuan los ecos de la casa apagada, el adivinado y triste desvestirse de su madre, las toses, los carraspeos, los interminables murmullos píos de tía Nena en su habitación cargada de imágenes y velas derretidas. Entonces se abrirá otra forma de silencio entre ellos y Carmelo ni siquiera lo intentará, no será capaz, nunca lo ha sido, jamás lo será, oh, qué le importaba, masculló Morgana apretando su cartera contra el cuerpo, pero una rabia blanca la emboscó de pronto, de buena gana hubiera arrojado al cesto de papeles el anillo que María Luisa le envidió sanamente al verlo destellando en su anular, casi prefería los ojos de Martínez fijos por toda la eternidad en su escote.

Pero hoy seguramente será distinto, pensó Morgana bajando el ritmo furioso de sus pasos; hoy, como desde cuando esta locura que nadie se explica y tiene en vilo al país se puso en manos del Gobierno, su madre variará el compás de sus quejas triviales, dará rienda suelta a esa jauría de miedos que la persigue y acosa como a todo mundo, parecerá aliviada al escuchar el timbre de la puerta y dirá con una voz llena y esponjosa ya llegó Carmelo, qué noticias traerá, Dios mío, y ella misma irá a abrir, pase, pase, y el pobre Carmelo no podrá saber cómo consolar, cómo transmitir esa calma mineral que tanto lo emparenta con las cosas y que por primera vez parece haberlo abandonado desde que empezaron a dar las últimas noticias por la tele. No nos están diciendo toda la verdad porque sería el caos, las cosas nunca son lo que parecen, comentó él hace unas noches, después del noticiero, y a Morgana escucharle esa frasecita banal en la que parapetaba un atisbo críptico y sabihondo, le enfureció más que otras veces. Cogió un *Vogue* pa-

sado del revistero y lo hojeó sin interés, ojalá y ocurriera el caos, le dijo con veneno, pero en este país
la gente ya no tiene agallas ni para lanzarse a las
calles pese a lo que está ocurriendo, todos hablan
de resignación y eso me da asco, ¿sabes? Se volvió
hacia él, que continuaba en el otro extremo del sofá,
y al fijarse en el estupor perruno de sus ojos aguamarina sintió agitarse con alegría su pecho: será la
guerra civil o algo peor, continuó diciendo ella casi con júbilo, sin atender a los balbuceos de Carmelo, ¿qué tenía que ver la guerra civil con esto,
amor? ¿Qué culpa tenía el Gobierno de lo que ocurría? Pero ya Morgana había dejado que un rencor
bendito se apoderara de su cuerpo, como si lo que
estaba pasando en el país tuviera algo que ver con
Carmelo y su cariño de larva, con las letanías herrumbrosas de mamá y el tembloroso arrastrarse
de tía Nena por los vericuetos de la casa honda,
con el viejo Martínez y su lasciva atención que sin
embargo tanto la abrasaba, como la abrasaban últimamente las miradas de los hombres fugaces que
se cruzaban con ella. Pero no tenía nada que ver
—y eso era lo extraño, lo curioso, lo divertido—
con el sexo; su cuerpo se encendía como una alarma, eso era todo, y aunque al principio, después
de llorar sin tregua el cadáver ultrajado de Andrés,
pensó que era la urgencia de un deseo malherido y
huérfano, ahora estaba segura de que era otra cosa,
casi como el reverso del deseo, un hambre distinta
que la dejaba fatigada por las noches y también por
las mañanas y todo el tiempo: una necesidad de ser
otra Morgana, de usurparse su propia identidad,
de revolverse a gritos contra ella misma, como decía Carmelo que podía ocurrir con el país ahora, en

cualquier momento. Nadie tenía la culpa de lo que estaba sucediendo y eso a la larga resultaba peligroso.

Morgana alcanzó la última cuadra de Conde de Superunda casi sin darse cuenta. En la avenida Tacna tampoco se veía luz y súbitamente se le encaramó en el pecho la sensación de ser la única persona que recorría las calles desiertas de Lima, el presidente estaría ya hablando al país, otro mensaje anodino instando a la calma, al civismo inútil con que se buscaba hacer frente a lo que ocurría en los últimos meses. Le extrañó sin embargo que no hubiera patrullas y ni siquiera un soldado en la avenida Tacna: desde el inicio del Puente Santa Rosa se divisaba la pasmosa desolación de la avenida. El espectáculo inusitado de un tránsito inexistente no la inquietó, como al principio supuso; fue más bien como una variante desconocida de libertad la que la obligó a caminar hasta el centro de la pista donde se detuvo, plenamente consciente de su soledad.

Caminar hasta su casa no le importaba en absoluto, casi se alegraba de tener que hacerlo, de saber que su madre y Carmelo a esta hora ya empezarían a mirar el reloj, una y otra vez, tranquilizándose con frases amables que no servirían para disimular el temor al ver que daban las diez y ella no llegaba. Su madre sería la primera en derrumbarse, Carmelo propondría salir a buscarla pero claro, era una tontería, él no tenía auto, tendrían que esperar a que terminara el mensaje del presidente para que la ciudad volviera a reacomodarse lentamente en la rutina del miedo, poco a poco empezaría a fluir el tráfico nocturno, volverían los colectivos y los taxis, la gente se abalanzaría a las calles para comentar el mensaje, las inútiles precauciones que ya habían sido divulgadas hasta el infinito por el Consejo de Seguridad que se formó cuando empezaron a ocurrir las cosas, y que el presidente estaría repitiendo ante las cámaras y los micrófonos de todos los medios de comunicación. Resignación, bah.

De regreso al inicio de la vereda Morgana se repitió que no estaba asustada pero a regañadientes aceptó que tendría que llamar a casa para avisar que se encontraba bien y que la esperaran tranquilos. El primer teléfono público que halló a pocas cuadras de allí se comió una de las fichas que llevaba en la cartera apenas sintió la voz descompuesta de su madre al otro lado del hilo, ¿Morgana eres tú? No sabes lo que ha pasado... Ella no tuvo tiempo de colocar ni una frase y soltó una palabrota cuando entendió que la comunicación se había cortado abruptamente. ¿Qué le habría querido decir su madre? Alguna futilidad de esas que tanto la alteraban, seguro. Como sólo le quedaba una ficha decidió buscar otro teléfono y caminó varias cuadras de la avenida sin encontrar ninguno en buen estado antes de decidirse de mala gana a volver al teléfono que vio cerca del Santo Tomás de Aquino. Esa calleja abierta a tantos zaguanes no le había gustado en absoluto y aunque en la avenida tampoco había luz, al menos no sentía la asfixia sorda que parecía estar esperándola cuando volvió a Conde de Superunda.

A los pocos minutos de caminata divisó el teléfono y repasó mentalmente lo que le diría a su madre antes de que ésta empezara con sus repro-

ches y angustias: no mamá, ella esperaría tranqui-
lita a que se normalizara el tráfico para coger un
taxi; si Carmelo se empeñaba a ir a recogerla lo pa-
raría en seco, ella estaba grandecita y sabía cuidarse
sola, no tenía sentido que fuera en un taxi cuando
era más fácil coger un auto en la avenida Tacna
que en Francisco Pizarro.

A Morgana nunca le hubiera sido posible
decir si vio al hombre antes de llegar a la esquina
del teléfono o cuando ya alcanzaba la cabina. En
todo caso sí recordaría que estaba pulcramente vestido y tenía el aire confuso del que no conoce la zona. Sin el menor vestigio de alarma —porque estaba segura de que así ocurriría— escuchó que el
hombre se dirigía a ella. Con el tubo del teléfono
en una mano y la otra aferrando la textura afilada
de un peine que encontró en la cartera al sacar la
ficha telefónica, Morgana se volvió hacia él. No
era muy alto y tenía los cabellos negros aplasta-
dos contra el cráneo a causa de la anacrónica go-
mina, unos ojos brillantes de azoro que la conmo-
vieron tontamente y la obligaron a sonreír cuando
él le confesó estar perdido: sí, era la primera vez
que estaba en Lima y se hospedaba en el Savoy,
había salido a dar una vuelta, dijo con gesto contrito, y no encontraba el camino de regreso. En
su voz tibia había un resto de aspereza o virilidad
que desconcertó momentáneamente a Morgana.
Olía a colonia fina y el saco sport que llevaba era
sin duda alguna muy caro. Extranjero, dedujo ella
al oírlo hablar. Sí, por supuesto, se escuchó decir
Morgana, ella lo acompañaba hasta el hotel, no
era muy lejos, sólo hacía su llamada y se ponían
en marcha.

Entonces ocurrió la primera contrariedad: contra lo previsto —o mejor dicho sí, era previsible que la tontería de mamá y la de Carmelo se sumasen grotescamente, pero no estaba preparada para afrontarlo— contestó la tía Nena y le dijo que habían salido de casa sin decir adónde iban. «Han huido», añadió la anciana como si reflexionase en voz alta, pero qué se podía esperar de ella en su estado. Luego de una pausa en que Morgana no atinó a decir nada, tía Nena preguntó si quería algo hijita, y después que quién era y a quién llamaba. No te preocupes, tía, dijo ella pero la anciana ya había colgado. Su madre nunca la dejaba sola, era increíble.

La segunda contrariedad fue saber, después de contestar distraídamente y casi con monosílabos a la charla de aquel hombre mientras duró el trayecto, que en el *lobby* del hotel no había nadie y por mucho que pulsaron el timbre, los espejos de la pared que tenían enfrente continuaban devolviendo sólo sus imágenes desconcertadas. Era como si de pronto hubieran huido todos, pensó Morgana, pero desechó rápidamente la idea, qué idioteces se le ocurrían, estaba poniéndose histérica. Si desea puede usar el teléfono de mi habitación, propuso él con un sincero embarazo que Morgana agradeció. No sé mucho de lo que está ocurriendo aquí, añadió suavemente el hombre, pero si es como en el interior del país, puede ser peligroso que se vaya sin haber comunicado con su familia, señorita. No, muchas gracias, le dijo sabiendo que enrojecía, que no podía mantener la mirada del hombre porque, maldita sea, nuevamente ese calor inusitado recorriéndole el cuerpo. Pero no era sexo, se repitió con paciencia, era esa otra cosa que le aullaba adentro y que no tenía sosiego, ni razón, ni norte. Gracias, pero no se moleste, le dijo aceptando una mano fuerte y educada.

Ya en la calle Morgana sintió que los zapatos empezaban a apretarle demasiado y luego de pensarlo un poco decidió quitárselos. En la esquina de aquella calle, con los zapatos en la mano y sin fichas telefónicas —dinero sí llevaba pero de qué le servía ahora— se sintió, por primera vez en lo que iba de la noche, desamparada. Imaginó a Carmelo y su madre, el temor rubio y blando del primero, los sollozos de mamá en el taxi, seguramente ya habrían conseguido uno, había transcurrido casi una hora desde que salió de la oficina y con toda probabilidad el mensaje presidencial ya habría terminado. Era extraño ese espantoso silencio en que desfallecía la noche, pensó. Lo más lógico era caminar hacia la oficina, a qué otro sitio podrían ir su madre y Carmelo. Avanzó descalza una cuadra y luego otra antes de volver a calzarse. Había decidido enrumbar hacia Emancipación, pero a medio camino cambió bruscamente de idea, por aquella avenida el trayecto se le haría más largo y estaba cansada. El silencio absoluto de las calles se le antojaba irreal. Parecía que la ciudad entera hubiera huido, como se rumoreaba que hacían miles en los últimos días, evitando las patrullas fronterizas y los severísimos controles de los aeropuertos. Era absurdo, en Lima las cosas no eran tan graves como en las provincias más alejadas y además, estaba empezando a pensar disparates: una ciudad no se desplaza así porque sí, de buenas a primeras y además, en silencio, como si hubiera un irracional pacto de sigilo entre sus habitantes. Estaba agotada y se detuvo un momento cuando ya no le faltaba mucho para la Plaza de Armas, aunque le sorprendió que ya no se divisara el fulgor prepotente de los reflectores que apuntaban al Palacio y que la había escoltado desde que cruzara delante de los soldados hace más de una hora. Pensó que era mejor cruzar el jirón Ica y volver hacia Conde de Superunda, siempre era preferible transitar esa calle conocida.

Casi no tuvo tiempo de sobresaltarse cuando vio la sombra zigzagueando furtivamente en la otra acera. En la mano que llevó al interior del bolso sintió los diminutos dientes del peine hincándose contra su palma sudorosa. Se quedó un momento sin atreverse a mover, mirando obstinadamente hacia el lugar donde vio —o creyó ver, ya no estaba segura de nada— evaporarse la sombra.

Siguió avanzando casi pegada a la pared y sin alterar el paso, pero al cabo de un minuto o una hora, ya no tenía cabeza para calcular nada, estuvo segura de que la seguían. No voltees, Morgana, se dijo, no voltees, pero el miedo o lo que fuera aquello que apenas la dejaba respirar resultó más fuerte que la cordura y se volvió violentamente. Esta vez incluso llegó a ver clarísimo el brillo charolado de unos zapatos en el relampagueo que duró la aparición de aquella sombra zambulléndose en un zaguán. Pensó de inmediato en el hombre del hotel y con la voz desafinada por el miedo preguntó ¿es usted? Por favor, dígame si es usted, insistió a punto de gritar al entender que no obtendría respuesta. Incongruentemente pensó en su tía Nena meciéndose frente a la televisión apagada y sumergida en el tejido, murmurando que esta vez era el fin, habría que resignarse. Carmelo y su madre estarían ya en la puerta de la oficina, dándose cuenta de la estupidez que habían cometido, lo más lógico hubiera sido desandar despacio su posible ruta. ¿Pero cómo podrían saber que ahora estaba lejos de su trayecto habitual? Se imaginó el tablero intrincado de las callejas, la paciente serie de ensayo y error que el azar tendería malignamente entre ellos y desistió de buscarlos.

Con manos histéricas sacó el peine del bolso empuñándolo como si se tratase de una navaja y miró hacia el zaguán donde había desaparecido la sombra. No podía ser aquel extranjero anticuado y pacífico, se le veía tan correcto, tan incapaz de algo así. Carmelo le hubiera dicho suavemente que las cosas nunca son lo que parecen, y ella se hubiera zafado malamente de sus caricias castas para preguntarse por qué lo había aceptado, por qué había cedido a ese amor anodino y al compromiso de una vida en la que estaba segura habría más renuncia que satisfacción. Todo últimamente tenía el sino de la renuncia, incluso la gente no hablaba de otra cosa que de renuncia y resignación desde que empezaron a difundirse las noticias de lo que sucedía en el país, desde que toda esta locura empezó a crecer y a crecer, y aun en el silencio apabullante que envolvía a Morgana cuando empezó a correr, había una culpa ominosa contra la que creyó oírse gritar sin obtener respuesta. En algún momento tuvo la remota sospecha de que estaba nuevamente en Conde de Superunda, pero el llanto y la turbulencia de la sangre agolpada en sus oídos no la dejaban pensar. Golpeó varias puertas sin que nadie le abriera y casi deseó enfrentar al descubierto a su atacante, pero cuando se volvía al escuchar los pasos cada vez más cercanos, sólo encontraba el oscuro fondo de la calle desierta. Nunca sabría cuánto corrió, por qué calles corrió, pero al cabo de un tiempo desesperante y elástico que parecía girar sobre su eje, por fin sintió ceder los goznes de una puerta carcomida que la arrojó al interior de un zaguán donde el tiempo parecía empozado y sucio. Entendió que estaba otra vez en aquel caserón desolado donde se entretuvo con el gato ya no sabría decir a qué hora. Pidió ayuda susurrando contra cada una de las puertas apolilladas que flanqueaban el patio colonial y tuvo que meterse una mano a la boca para contener los sollozos cada vez más fuertes. No había nadie y Morgana pensó vertiginosamente que la tía Nena le dijo la verdad, su madre y Carmelo también habían huido, cómo explicar si no que no vinieran por ella, que nadie hubiera escuchado sus gritos y sus carreras por las calles muertas que recorrió sabiéndose perseguida. Apoyada contra la escalera de maderas podridas volvió a subirle un mareo de pavor que la obligó a levantarse y a tropezones, sintiendo la humedad de los peldaños en los pies (había perdido un zapato mientras corría y se desembarazó del otro violentamente), alcanzó el segundo piso de aquel conventillo mientras veía cómo se proyectaba la tenue claridad de la calle al abrirse el portón. Tampoco había nadie allí, las puertas estaban tapiadas y sólo quedaba otra escalera, más endeble y estrecha. Desde ahí, esbelto como una efigie asiria, la observaba el gato.

Encogida contra la barandilla del segundo piso, sin atreverse a mirar hacia el patio adoqui-

124

nado, Morgana escuchó las pisadas furtivas hollando la oscuridad. Sí, pensó atrapada por el absurdo mientras trepaba por la escalera que conducía a la azotea, el presidente ya habría terminado su mensaje, pero nada cambiaría, nada alteraría la resignación infinita que la alcanzó como el viento nocturno al que desembocaba la escalera: ese trozo limpio de cielo limeño que la recibió fue casi una paz. Todavía alcanzó a oír los pasos que se acercaban.

(2000)

Señas particulares, ninguna

A Ana Pérez y Jorge Gorostiza

Acaso la primera vez hubo algo risueño en el asunto; hasta el gordo Zapata, siempre tan serio, siempre tan de gris, soltó la carcajada cuando García Urquijo, que contemplaba desde la ventana los cinco primeros minutos del apagón, pidió para qué dos velas, hombre, si no sabemos cuánto va a durar. Lo dijo de espaldas, sin dirigirse a nadie en especial y Ramiro sopló desde su whisky la vela que tenía cercana en el mismo instante en que tú apagabas la del otro extremo, la que reposaba sobre la estantería de libros: aunque casual, perfecta sincronización para quedar momentáneamente más a oscuras, y en medio de tantos miedos no expresados —el rumor sordo de las tanquetas, la intermitencia de una sirena allá al fondo de la calle, balazos atizando una confusión sin origen— luego de la sorpresa inicial, estallaron las risas de los cuatro.

Acaso ésa no fue la primera vez sino solamente la primera certeza, la puesta en marcha de una cuenta absurda y sin dimensiones que los iba emparentando hasta en lo más mínimo y sabe Dios desde cuándo, si a Ramiro lo conocías desde los tiempos de la Primera Dictadura, aquellos lejanos días del fulbito y los adoquines de fruta, corriendo entre los escombros de la ciudad para llegar a tiempo a las charlas de doctrina neo-negativista en el local comunal del sector, allí en la Plaza Italia.

Ya por aquel entonces había entre ustedes un víncu-
lo de gustos y preferencias que los fue dejando ante
la certidumbre de una amistad especial, un comul-
gar de manías y aficiones explicable y entendible
por la sencilla razón de que mataperreaban juntos
día y noche y habían sido seleccionados para los
mismos estudios: intachables primeros puestos en
la sección infantil y juvenil del Partido, cuadros in-
cuestionables y eficientes, élite dirigente, primera
generación racional y óptima.

Sin embargo, ahora que conduces por las
calles desiertas, fumando cigarrillo tras cigarrillo,
tenso y sofocado por una marea de confusiones
—una especie de miedo y urgencia de tabaco— te
preguntas dónde ponerle límite a lo razonable, qué
es tuyo y qué es de él; de quién la manera peculiar
de anudar la corbata (ese nudo Wilson que ya
nadie usa), el gusto por el limón en el Campari, la
caligrafía llena de eles y emes puntiagudas; tanto
tiempo y fue necesaria una tontería de velas para
que cayeras en cuenta; tantos años con la sospecha
en la punta de la lengua, en el vago malestar de observarlo y no saber exactamente qué te dolía en sus
gestos; de golpe ese reencuentro con los amigos te
puso frente a frente con aquel temor de espejos que
no tenía asidero en un mundo racional y lógico, y
al principio la incredulidad, la absurda situación
de no poder reclamar que ese garabato indescifra-
ble que le viste poner en el cheque, hace menos de
quince minutos, era tu firma. Entonces la locura,
el espanto, te obligaron a hacer lo que hiciste, y en
este miedo que te va humedeciendo poco a poco
la camisa embadurnada de grasa, no hay arrepentimiento alguno: la madrugada te sorprenderá con

la llamada del gordo Zapata o de García Urquijo, vente volando, ha sido espantoso, y respirarás aliviado reencontrándote con tu propia imagen y por la mañana despertarás con la garganta seca y la lengua pastosa: una bendita resaca que irás lavando con el duchazo de agua fría y la camisa limpia, convencido de que todo ha acabado, un mal sueño que terminará disolviéndose con el azúcar del café matutino.

Lo que ocurre, te dices avanzando hacia la avenida Arequipa, es que todo fue muy rápido y después del incidente de las velas no se volvieron a encontrar sino hasta una semana después, con la nostalgia ya sembrada en los viernes, esta vez en el departamento de García Urquijo, vengan mejor a mi casa, allí pocas veces nos quedamos sin luz; donde se bromeó de todo un poco y se dijeron barbaridades del gobierno regional (ni al mismo Zapata, alto funcionario de la Junta, le importaba ahora demasiado) y ya en torno a las últimas tazas de café de contrabando que sacó la mujer de García Urquijo a golpe de una, las luces de la salita cobraron esa temible intensidad previa al apagón y después de unos segundos desvanecieron rostros y objetos, dejando que un sabor de acecho se adueñara de las voces. Qué vaina, se exasperó el dueño de casa, segunda vez que nos reunimos y nuevamente sin luz, habrá que sacar algunas velas. En medio de la penumbra donde asomaban las brasas de los cigarrillos como agujeros en la tiniebla que los envolvía, Zapata recordó el incidente de la semana pasada, aquel primer indicio que, sin saber por qué, te puso en guardia.

—A ver si cometen la misma tontería hoy, porque no tenemos muchos fósforos —García Urquijo apareció fantasmagórico con dos velas y de paso gancheó al hígado del alto funcionario de la Junta Regional—. Las raciones están llegando muy atrasadas últimamente y hasta los fósforos sólo se consiguen de contrabando, señor Zapata.

El gordo soportó resignado el cargamontón de pullas y abucheos y Ramiro se acercó a la ventana riendo esfumadamente: tal vez allí comprendiste hasta qué punto eras la región lejana de otra piel, de otro sentir. Observaste su camisa azul de rayitas (exacta, idéntica a la que tú compraste en una diplotienda de La Habana hacía apenas un mes), el rubio de marca caprichosamente inusual que encendía, el mismo olor a Lanvin: lo seguiste con la mirada cuando no se daba cuenta, alisándose los cabellos con ese gesto mecánico y ausente que alguien —quizá la propia Nuria, cuánto tiempo ya— calificó alguna vez de muy tuyo, y sin embargo él, cómo era posible, cómo el gordo Zapata o el mismo García Urquijo no se daban cuenta, cómo el mismo Ramiro tampoco, y tú ya no sabías de qué forma zafarte de tus propios movimientos, temeroso de jugar aquel frontón donde los rebotes de Ramiro eran los tuyos y no obstante allí nadie parecía enterarse de nada. Quizá porque también había lo del parecido: un algo impreciso y tenue pero por ello mismo más contundente que los rasgos físicos y que hacía preguntar a quien recién los conocía (sobre todo cuando eran chicos, pero en ese entonces todos los chicos se parecían un poco, los uniformes, el roce del hambre) si eran hermanos.

La reunión terminó con el regusto amargo del café pasadas las dos y una garúa monótona que golpeaba insomne contra las ventanas. Ramiro y el gordo se despidieron, hasta el viernes muchachos, mucho bostezo en la cara y la misma ruta porque Zapata tenía el auto en el taller y sabe Dios hasta cuándo ahora que no se consiguen repuestos por ningún lado, en cambio éste anda feliz con el Lada nuevecito, tienen que verlo, dijo señalando a Ramiro. Tú preferiste quedarte un rato más, viendo el ir y venir de García Urquijo con las tazas y los vasos, hipnotizado con ese pequeño itinerario sala-fregadero-sala cuyas escalas servían para ir dejando caer frases sueltas que poco a poco empezaban a resbalar hacia tu cansancio, a esa tensión que se te nota al tiro, hombre, quizá debas tomar unas vacaciones, una semana, quince días, qué sé yo: García Urquijo te acompañó hasta la puerta advirtiéndote que no olvidaras el salvoconducto, lo estabas dejando sobre la mesa del comedor, a esa hora los de la Policía de Patrullaje podían ser muy quisquillosos con el toque de queda, desde que las cosas se han puesto color de hormiga, por aquí todos andan muy nerviosos.

Quizá García Urquijo tenía razón y no te vendrían mal unos días de vacaciones, pensaste mientras calentabas el motor del auto para sumergirte en la reversa hasta la calle; quizá todo era una tontería de cartón piedra y un manotazo de cordura lo desbarate, te dijiste mientras ponías la tercera hasta la esquina donde te interceptó una patrulla, el salvoconducto que mostraste antes del saludo protocolar, cuando ya sabían quién eras, con quién trataban, la metralleta que descansó de nuevo en el hombro marcial del agente, siga nomás señor, quizá vacaciones, sí: la luna te espiaba fisgona tras los vértices de los edificios, igual que ahora, mientras conduces veloz, como si así pudieras vencer el golpeteo frenético del corazón, esa molestia en la boca del estómago, no puede ser, no puede ser.

La semana transcurrió entre la oficina y las horas tensas que atizaban tus noches preocupadas, absorto en el problema de aquellas granjas comunales que tantas dificultades le estaban causando al Gobierno Central, buscando la forma de incentivar a los campesinos del norte que pedían menos horas de trabajo colectivo y parcela propia: recordabas los rostros idénticos, el overol exacto, ese olor a tierra que no habían borrado las dieciocho horas de viaje hasta la capital, la voz trémula del que se te acercó en nombre de todos los demás: idénticos rostros graníticos, desesperanzados. No volviste a pensar en Ramiro (y sin embargo, desde su reciente traslado, a pocas oficinas de la tuya) hasta el mismo viernes de la cita. Esa mañana el propio García Urquijo te pegó un telefonazo para recordártelo y de paso putear con rabia antigua sobre lo que estaba ocurriendo en su sección, al parecer habían surgido revoltosos entre los metalúrgicos del Cuzco, García Urquijo creía que se trataba de unos infiltrados de la guerrilla, todo se estaba volviendo un asco, dijo antes de quedarse en silencio, como avergonzado de su estallido, y volver contrito a recordarte la cita.

Esa noche, nada más poner la llave en el contacto, como un chicotazo breve —más sorpresa que dolor— te asaltó nuevamente la horrible sensación de sentirte plagiado. La pequeña angustia de pensarte prolongación de otro ser se adueñó de ti. Vacilaste en el ascensor, ya en el edificio donde vivía García Urquijo, te entraron unas ganas apremiantes de mandar todo (¿todo qué?) al diablo, de volver al Lada y perderte en singular, beber un trago amparado por las sombras de un bar cualquiera, volver a casa y desconectar el teléfono, tomar un somnífero y hundirte sin rastros en tu mundo personal, despertar por la mañana y volver a sentirte tuyo, a recibirte en tus brazos, tocar tus cosas, el reloj, los zapatos, la cafetera, y respirar aliviado al reconocer en cada objeto la pista tibia de tus huellas digitales: las puertas del ascensor se abrieron mudamente en el piso siete, ya estabas allí. Un silencio pesado, casi una bruma recorriendo el pasillo. Unos pasos amortiguados doblaron hacia las escaleras y se perdieron rápidos, ágiles, dejándote solo ante las dudas. Qué tontería, estabas sudando, y bien mirado el asunto no había razón, un par de coincidencias triviales no podían llevarte a ese estado. Quizá necesitabas descansar, los problemas que afrontabas en la oficina —primero los estragos de la guerrilla y ahora las granjas comunales del norte— y el gusto por una soledad hermética te estaban jugando una mala pasada, dos o tres coincidencias no podían significar mucho. Sin embargo la sensación de estar frente a una certeza seguía allí como un golpe en plena boca del estómago, como un nudo oprimiéndote el pecho.

—Pensamos que ya no venías —la mujer de García Urquijo abrió la puerta ofreciéndote una sonrisa.

Zapata y Ramiro, recortados en la penumbra de la sala, conversaban tranquilos mientras el primero barajaba un mazo de cartas con destreza de jugador; García Urquijo se les acercó con los tragos. Los tres giraron al verte llegar y te sentiste violentamente ajeno a todo, casi cometes la estupidez de preguntar si interrumpías. Te supiste observado, quizá se notaba tu embarazo, la fragilidad tonta con que esbozaste la sonrisa, la artificiosa despreocupación al acercar una silla a la mesita circular dispuesta para el juego. Nuevamente la confusión de empezar a perder tu identidad (más descanso, unas vacaciones), de no saber quién eras, se te enroscó en el estómago, porque cuando mirabas a Ramiro directo a los ojos sentías violentamente como si estuvieras mirándote desde adentro, era una tontería, el cansancio estaba sobredimensionando todo.

—Como en los viejos tiempos —soltaste la frase intentando sumergirte de verdad en la reunión, porque desde que llegaste estabas como ausente, sin atender las anécdotas que iba hilvanando Zapata, las quejas y diagnósticos catastrofistas de García Urquijo que empezó a contar algo que había ocurrido recientemente en el Laboratorio Químico Central donde trabajaba su mujer, un sabotaje o cosa parecida, pero tú no escuchabas ya, con la vista clavada de pronto en el reloj de Ramiro, exacto, idéntico, el mismo que intentabas absurdamente ocultar frotándote con fuerza la muñeca.

—Este hombre llegaba siempre tarde a las partidas y no ha perdido la costumbre —explicó García Urquijo a su mujer que se acercaba con tu vaso de whisky, ¿tú también como Ramiro, con soda, verdad?

—Y siempre las ganaba —comentó Zapata corriendo un poco su silla y obligando a Ramiro a hacer lo propio. Te llegó una vaharada de Lanvin junto con la grotesca sensación de estar oliéndote a ti mismo.

—Esperemos que esa costumbre sí la haya perdido —añadió García Urquijo haciéndote un guiño y barajando las cartas antes de ofrecérselas a Zapata, toma gordo, tú partes.

Toda la noche estuviste lejos de allí, bebiendo sorbos largos de whisky, dejando que su fuego ámbar te ablandara los gestos, la habilidad para barajar las cartas, unas ganas oscuramente minuciosas de olvidar el reloj que no podías dejar de notar y era como si Ramiro no se hubiera dado cuenta, como si nunca se hubiera dado cuenta de nada, ni tampoco Zapata, ni García Urquijo ni su mujer. Una hora, otra más y el débil goteo del reloj en la pared, con su péndulo como un ojo ciego y sin embargo lúcido, la noche rasgada esporádicamente por una sirena o tiroteos, las cartas con las que no atinabas a formar nada que valiese gran cosa, a duras penas dos pares, un full casi de suerte, otro whisky, otro cigarrillo, partida tras partida te costaba cada vez más concentrarte en el juego.

—Una más y acabamos —sugirió Zapata tras desperezarse un poco y servirse las últimas gotas de Old Parr.

—Bueno, a ver si cambia la suerte de éste —Ramiro te señaló con el cigarrillo y sacudió la ceniza con el meñique.

Como tú lo hacías.

—Nos has dejado una pequeña fortuna —se rió García Urquijo barajando las cartas con renovado entusiasmo—. Deberíamos jugar más seguido, así me pago la casita en Chaclacayo.

—Bueno, una partida más, a ver si recupero algo —dijiste poniendo sobre la mesa un fajo de billetes: unas ganas urgentes de irte, de acabar la noche.

Zapata lanzó un silbido.

—Quiere recuperar su guita en un solo juego, qué les parece.

García Urquijo sonrió a medias, como disimulando el entusiasmo que bailoteaba en sus ojos y también en la rapidez con que barajaba las cartas: las dos menos cuarto y el ulular de una sirena alterando nuevamente la noche. El dueño de casa cogió la botella sólo para dejarla otra vez sobre la mesa, mascullando unas palabrotas al darse cuenta que estaba vacía.

—Esperen, esperen —atajó Zapata con una sonrisa traviesa entusiasmándole la frase.

Lo miraron un poco de lado, qué se trae este gordo, siempre tan serio y de pronto, caray.

—¿Recuerdan qué sucedía cuando alguien empezaba con las apuestas fuertes?

Confesaron desconcierto, desconcierto un poco embarazoso porque allí nadie se acordaba de nada y tú ya te querías ir, si habías puesto ese fajo de billetes sobre la mesa era sencillamente porque querías terminar y largarte, fumar y hundirte en una noche sin tu olor de Ramiro, sin tu reloj en su muñeca, sin sus gestos que eran los tuyos, y en ese momento se le ocurre a Zapata mirarlos a todos larga y avariciosamente, decepcionarse un poco de que nadie recuerde y un poco sentirse orgulloso porque él sí, caramba, y habían pasado casi veinte años. La mujer de García Urquijo los miró burlona, tan de siempre, tan amigos, se reencuentran al cabo de un tiempo y ya nadie recuerda lo que sucedía, huy, mejor los dejaba solitos para que les funcionara la memoria, chau chau, la excusa risueña para irse a dormir porque ya un buen rato que la veías adormilarse sin seguirle la pista a anécdotas que no eran suyas, mientras su marido se ladeaba un poco en la silla para murmurarle si estaba cansada, amor, que mejor fuera nomás y ella no, en un momentito.

El gordo se acomodó mejor en su asiento, cuántas frases buscaría para lograr el suspenso antes de que alguien ¡ah!, ya caigo, cómo me pude olvidar, es cierto, tenías razón.

Fuiste tú quien captó el asunto de inmediato, qué tontería, era eso: un tonto ritual de la época de adoctrinamiento, la espesa niebla de los cigarrillos, el café siempre aguado y malo, las cartas de bordes casi romos una y otra vez barajadas, mil veces llevadas a las manos, los comentarios entre juego y juego, las variantes ya exploradas también mil veces hasta que alguien (¿El gordo? ¿García Urquijo? ¿El pobre Pancho Luján, que murió en aquel atentado?) consiguió, quién diablos sabe cómo, aquellos dados de contrabando y le encontraron otro giro, un remozado entusiasmo a los sábados ya vencidos de rutina, pisco y café, y también la necesidad maquillada de encontrarse esos fines de semana cuando los demás muchachos del centro de adoctrinamiento preferían quedarse viendo viejas películas chinas en la sala central o jugando al ping-pong. Invariablemente sábado por la noche, tontos sábados sin charlas en el Partido y el miedo a escaparse de una rutina laberíntica para salir al horror que acechaba puertas afuera. Los dados también agotaron lo suyo, pero ahora quien apostaba algo más de lo usual en el póker de cartas era enfrentado por quien eliminara a los demás en el póker de dados: un torneo de mesa, unas ganas de inventarle nuevos riesgos a esa vida de charlas doctrinarias y estudios universitarios y capacitación técnica y el temor algo lejano a los fanáticos que se enfrentaban al Gobierno Central; una vida sin mucho que ver en el cine, sin teatro, los mismos libros, sin nada más que los noticieros y documentales, sin más fastidios que las tanquetas y los apagones: las cartas y los dados eran la desembocadura inevitable.

Había pasado tanto tiempo ya. Caíste en cuenta casi de inmediato pero preferiste mirar al techo como quien se esfuerza en recordar, quizá también porque no querías malograr el suspense empezado a tejer con sutileza por el gordo, porque el dueño de casa fue por los dados sin comprender nada y Ramiro miraba al techo con los ojos entrecerrados, una sonrisa tironeándole suavemente de los labios, buscando atrapar con la mirada ese recuerdo nebuloso. Después de todo, estos tiempos y la vida que llevaban, las colas inmensas en los mercados centrales, los apagones, la falta de agua y luz por semanas hasta para ustedes (quién lo hubiera dicho), olvidar una tontería así era comprensible.

García Urquijo volvió con el cubilete negro y un destello en la mirada. Agitó los dados con destreza y los lanzó: full de damas.

—¡Claro! —Ramiro se palmeó la frente, mirándote—. Cómo pudimos olvidarlo.

Súbitamente sobresaltado por ese plural que te dejó un vago miedo reptándote por el pecho, leíste en sus ojos que no se refería a todos sino a ustedes dos, universo de límites conocidos, tácito puente de complicidad y horror, cómo pudimos olvidarlo.

Adivinaste de golpe que Ramiro sabía todo, más allá de cualquier explicación, sabías que él te esperaba al otro lado de aquello, anclado en una sonrisa profunda y llena de explicaciones que rehusabas aceptar. Sí, pensaste, él lo sabía. Tu mano tembló ofreciéndote un cigarrillo, la sentiste idiotamente algo ajena y también sentiste chasquear el encendedor de Ramiro cuando tú disparabas el tuyo, con la pequeña mesa de por medio, dejando resbalar una mano para tamborilear sobre el tapete en el que tú tamborileabas nerviosamente, intentando serenarte, comprender cómo el gordo, cómo García Urquijo no se daban cuenta: un deseo primario de salir corriendo te inundó las orillas, oías de lejos a Zapata hablándole cariñosamente a los dados y maldecir después con un bajo puntaje. García Urquijo cogió los cinco cubos blancos y se desencantó con una escalera chica, algo mejor que Zapata pero todavía quedaba Ramiro y ya sabías quién te iba a enfrentar, era como si estuvieras anticipado a todo, por eso fue tan natural que después del póker de reyes que dejó fuera de carrera a Zapata y García Urquijo, te ofreciera los dados con lentitud deliberada mientras sentías que todos observaban tus movimientos, tres pares de ojos siguiendo hipnotizados el giro de tu mano antes de abrirse como una flor de dedos y arrojar sobre el tapete un aterciopelado full de ases. Ya todo había empezado a ser una película muda y lenta, el whisky sin duda, el calor agobiante de encierro y madrugada. Ramiro allá al fondo de la mesa soplaba una mano donde anidaban los dados antes de soltarlos como una cascada poliédrica, reguero de figuras, repetición prevista por tu miedo: full de ases. Nada del otro mundo, ambos apagaron simultáneamente los cigarrillos en el cenicero dispuesto sobre la mesa. Cogiste los dados con torpe vacilación y los arrojaste rápidamente, como si quemaran. Carajo, póker de reyes, se acauteló Zapata y en las manos de Ramiro al volver a coger los dados había algo así como una mirada de soslayo. Una tensión de cuchillos electrizó la noche inundada únicamente por el golpeteo constante del reloj. García Urquijo se repantigó en su silla y Zapata cogió un cigarrillo de tu paquete. Ramiro se replegó nuevamente en el ritual de manos lentas como bielas que impulsaron los dados para soltarlos casi con desdén, cerraste los ojos con fuerza y escuchaste la exclamación de García Urquijo, el silbido bajo del gordo, póker de reyes, un segundo empate, todo empezaba a ser una locura: Ramiro te miró desafiante cuando cogiste los dados y un sudor pegajoso te empapó la camisa. Lanzaste los dados sobre la mesa y te quedaste observando el full de damas hasta que él cogió los dados y otra vez las bielas en funcionamiento, dos, tres, cuatro giros lentos y un par de reyes, sólo un par de reyes.

Respiraste aliviado, entonces cabía la posibilidad de que todo fuera un mal sueño, un pánico de medianoche, irracional, alimentado por el estrés, el cansancio acumulado durante semanas, vaya uno a saber. Ramiro maldijo en voz baja y abrió su chequera con movimientos en los que había una confianza burlona. García Urquijo se desperezaba arqueando la cintura y comentando algo sobre el rebrote de la guerrilla liberal, y Zapata se excusó con un bostezo, murmuró unas frases, iba al baño. Fue allí, en ese momento: repentinamente solos, enfrentados, Ramiro te extendió un cheque en el que firmaba con un garabato de rasgos crispados y angulosos. Tu firma, trazo por trazo tu firma.

Te incorporaste de un salto, la sorpresa se cinceló en los rostros de García Urquijo, con los vasos en la mano, y el gordo que regresaba reacomodándose la corbata, nada, nada, te sentías un poco cansado, mejor te ibas de una vez, un vértigo de imágenes y sobresaltos antes de salir sin que ellos pudieran evitarlo, algo perplejos y despidiéndote extrañados (Ramiro no, Ramiro fumaba tranquilo, sabedor, indiferente), bueno, hasta el viernes, ellos se quedaban un rato más, sí, adiós, el olor a Lanvin y tu reloj en su muñeca, el ascensor que desdeñaste por las escaleras más rápidas en tu prisa siniestra, autómata desesperado, corriendo dispuesto al absurdo, a respirar la calle antes de entrar al estacionamiento del edificio venciendo el miedo y la turbia sensación de saberte un idiota cuando sacaste el auto para dejarlo con el motor encendido junto al de Ramiro: no tenía por qué sorprenderte y no te sorprendió que fueran de la misma marca, modelo y color, que la llave del tuyo encajara a la perfección en el contacto del suyo como si fuera normal que encajen, entonces fue más fácil sacar el alicate y rasgar el cable de los frenos lo justo para que duren sólo unas calles, hasta el primer frenazo brusco —esos conocimientos algo siniestros de la época de la Primera Dictadura—, sentir como un goce voluptuoso las manos engrasadas que limpias en la camisa, entregarte a la noche con un violento chirriar de neumáticos, a los cigarrillos que sacas de la cajuela mientras avanzas veloz por la avenida Arequipa, necesitado de llegar a tu apartamento, a la botella de whisky, a la espera jadeante confirmando lo irracional de todo esto, que García Urquijo o el gordo Zapata te llamen para avisarte que hace unos minutos hombre, vente volando; que te sumerjan en las imágenes de Ramiro caminando hacia el auto luego de despedirse de los amigos, todavía comentando tu partida inesperada, disculpándote por un agotamiento comprensible, dirá García Urquijo o el gordo: la imagen necesaria de Ramiro abriendo la portezuela del coche, sacando los cigarrillos de la cajuela, internándose en las fauces abiertas de la noche, perdiéndose en un cambio de velocidades que lo llevará hasta la Arequipa alcanzando los sesenta kilómetros por hora, límite siempre respetado —porque lo respetará, oh sí, Ramiro también lo respetará, igual que tú— para coger la vía expresa a noventa por el carril que desemboca en la salida habitual, la misma por donde ahora tú ruedas apretando a fondo el acelerador. Imaginas fascinado a Ramiro pisando el pedal del freno para aterrarse al sentir cómo se hunde hasta el fondo con un gemido sordo y absoluto y poste o semáforo o pared inevitable, porque resultará inevitable, como inevitable es evadir esta última duda que te eriza los vellos del brazo mientras el coche busca veloz la salida y el pedal del freno cede horriblemente bajo tu pie: ¿cuál de los dos eres tú? ¿Realmente cuál eres tú?

(1991)

Yo podría ser tu padre

A Javier Reverte

Cuando yo vivía en San Isidro, Humberto Ferreira administraba en los bajos del departamento de mi hermana un *liquor shop*. (Bueno, así le llamaban los pitucos que por aquel entonces vivían el furor de los viajes mensuales a Miami y que ya eran incapaces de concebir su gris universo limeño sin el inglés.) Se trataba, claro, de una simple licorería que funcionaba, además, como tienda de ultramarinos, para explicarlo con una palabra que me es amable. Amable también era Ferreira, a quien mi recelo y hosquedad —yo sufría por aquel entonces todo el dolor inconmensurable de haber perdido a Úrsula— mantenían discretamente a raya de cualquier comentario que amagara internarse en los meandros de la amistad. Sin embargo ocurrió. Hombre saludablemente anclado en la rutina de mis horarios, me acercaba puntualmente a la licorería al llegar de la emisora donde trabajaba, pedía unas botellas de cerveza o de ginebra y cigarrillos para entregarme al desvelo turbulento del amor. No obstante, resultaba inevitable no acceder al intercambio de esas cuatro frases tontas con Humberto, resignado a cumplir con vagas reglas de educación, aunque aliviado porque sabía que al fin y al cabo sólo se trataba de ese mínimo ejercicio de urbanidad que se requiere con los vecinos. Al cabo de un tiempo habíamos pasado de las frases tontas a los comentarios políticos, al mutuo interés por algún libro —ambos leíamos como locos por ese entonces, no sé si él seguirá haciéndolo, yo hace tiempo que no tengo ganas—, lo mal que había jugado la selección en la Copa América y el último atentado de los senderistas en Ayacucho: mal nacidos. En fin, en San Isidro yo no conocía a nadie y las noches se me hacían interminables y aburridas.

Pero había otra cosita: yo sabía que el esmero de Ferreira conmigo era una manera elíptica de acercarse a mi hermana, de quien se había enamorado con la irremediable fatalidad de los cincuenta y tantos años y a quien veía pasar diariamente cuando ella llegaba del colegio con mis sobrinos. De manera que vivíamos una curiosa situación compuesta de charlas sesgadas y bruscos silencios cada vez que Elena, mi hermana, bajaba a la licorería para comprar coca-colas o decirme te llaman por teléfono. Ella sabía, yo sabía, Humberto no sabía que yo sabía pero lo sospechaba, de forma que todos al fin y al cabo representábamos decorosamente nuestros papeles, dueños de nuestro propio sigilo y acecho. Por fin un día Humberto pudo llegar a mi hermana. Fue de la manera más prosaica, como suelen ser este tipo de cosas. Una mañana Elena se encontró con el auto malogrado y sin saber cómo llevar a los niños al colegio porque por allí no era fácil conseguir un taxi a esas horas. Como tenía el Volkswagen estacionado frente a la licorería no se necesita ser un lince para imaginar lo que ocurrió después. Humberto se acercó solícito, seguramente agradeciendo al cielo esa luminosa oportunidad, husmeó en el motor, movió uno o dos cablecitos, encendió un cigarrillo con aire crítico y explicó que algo andaba mal con los platinos. Llamó a Néstor, el chico que lo ayudaba en la tienda, y le ordenó que llevara a la señora al colegio de los niños y después a donde ella quisiera. Esto me lo contaría Elena más tarde, muerta de risa. Ella no se hizo de rogar, pero dijo que simplemente iba al colegio y que regresaba de inmediato. Antes de partir Humberto le pidió las llaves del auto y dijo que llamaría ya mismo a un mecánico de su confianza. El carro estuvo quince días en el taller (yo siempre sospeché de algún oscuro pacto entre Ferreira y ese mecánico negligente) y todo ese tiempo los niños fueron al colegio en el auto de Humberto. Eso fue más que suficiente para que Ferreira fuera acortando terreno en el recelo de mi hermana. Además, el hombre se las ingenió para ganarse a mis sobrinos con golosinas y, cuando hubo más confianza, con uno que otro paseo al parque infantil del Kentucky Fried Chicken que quedaba por ahí cerca. Lo cierto es que un buen día me encontré a Humberto tomando café, cómodamente instalado en la sala de casa. Parecía muy gracioso porque mi hermana se reía de sus ocurrencias como hacía mucho no la había visto hacer con nadie.

Cuando Elena se fue con los niños a Los Ángeles para pasar aquellas navidades de 1990 con su marido —Santiago, mi cuñado, hacía los últimos intentos para recuperar un amor que ya no tenía mucho sentido, hacía tiempo ellos estaban separados— me encontré con el departamento de San Isidro completamente sólo para mí. Humberto dejaba al frente del negocio a su fiel Néstor y subía a casa por un momento. Café y whisky de por medio, conversábamos de lo divino y de lo humano, pero él nunca terminaba de integrarse en la charla, siempre estaba distraído, atrapado por esa dulce melancolía que era más o menos como la que refiere Burton en su famoso libraco y cuyo origen yo conocía sobradamente. Una noche, después de cerrar la licorería subió a casa con una botella de whisky y con toda naturalidad sirvió dos vasos con mucho hielo (él nunca bebía) y empezó a hablarme del amor que sentía por mi hermana. Entendámonos: simplemente se refirió al Amor, esa vaga generalidad que nos habita a todos como un callado fantasma y que es —en boca del enamorado— como el compendio universal del infortunio y la desazón. Pero yo sabía muy de quién hablaba. Al tercer whisky (yo lo escuchaba imperturbable) decidió que era el momento de empezar con los consejos. Con los cerca de treinta años que me llevaba se creía en el deber de advertirme sobre la vida y sus recovecos. No lo mandé a la mierda porque ya estaba acostumbrado a ese tipo de situaciones: mis amigos normalmente han sido bastante mayores que yo y en todos he encontrado esa esmerada necesidad de transmitir el legado de su experiencia, o lo que entienden por ella, sobre todo cuando, como en el caso de Humberto, tienen hijos que apenas se interesan por lo que dice el padre. Los hijos de Humberto pasaban de vez en cuando por la licorería y se iban casi de inmediato, eso sí, con la billetera bien cargadita. (Eran —son— dos varones y una chica. El mayor estudiaba arquitectura, creo, el otro estaba preparándose para el ingreso a la universidad y Francesca estaba en los primeros años de psicología. Francesca. Era de verdad muy bonita, con unas piernas largas larguísi-

mas y unos hoyuelos preciosos que se le acentua-
ban al sonreír. Muy rica. La primera vez que la vi
estuve a punto de meter la pata hasta el fondo porque yo no sabía quién era y casi hago el obvio comentario codicioso cuando apareció en la licorería.
Sexto sentido tal vez. A Humberto le dio un beso,
le dijo hola papi y a mí me ignoró con una suficiencia olímpica y digna de mejor causa. Vamos, yo
tampoco estaba para andarme fijando mucho en
esas cosas.)

El asunto es que a partir de aquella noche
de los whiskys era raro el día en que Humberto no
subía a casa para tomarse un cafecito mientras yo
me entregaba a las copas, convaleciente también de
un amor malogrado. A cambio de esos momentos
en que la turbia rotundidad del dolor me obligaba
a detallar una y mil veces mi historia, Humberto
se explayaba serenamente sobre los infortunios del
destino, la entereza viril y necesaria para hacerle
frente a aquellos momentos, glosando pasajes sen-
timentales de su vida, como un ex combatiente
que de vez en cuando advierte el recuerdo de la
batalla en una cicatriz y abre lentamente el dique
de su memoria. Al fin una noche se decidió a con-
fesar explícitamente su amor por mi hermana. Como yo el tema lo tenía más que asumido le dije tres
o cuatro tonterías apodícticas sobre la dificultad
de aquella relación, pero nada más. Ambos estaban grandecitos, añadí. Sin embargo me lo agradeció bastante porque creo que esperaba de mi parte
una reacción escandalizada, una censura tan gran-
de que pusiera en peligro nuestra amistad. Yo me
encogí de hombros y seguimos hablando de otras
cosas.

Sí, ahora que lo pienso, la nuestra era una relación simbiótica, una de esas modestas terapias de amistad y monólogos entrecruzados que tanto alivian los males de amores. A veces yo llegaba de la emisora y me quedaba remoloneando en la tienda, sin saber muy bien por qué. También por esos días, Francesca iba más regularmente por allí y entonces yo me marchaba pretextando obligaciones. En el fondo siempre me ha incomodado asistir a esa intimidad retozona y llena de claves que se da con frecuencia entre padres e hijas. Además, Francesca se empeñó constantemente en ignorarme con una amable y casi ofensiva cortesía. En una ocasión hablamos. Fue una tarde que Humberto no estaba en la licorería. Yo acababa de llegar de la emisora y Néstor me estaba entregando un paquete de cigarrillos cuando ella apareció preguntando por su padre. Quedó momentáneamente desconcertada de no encontrarlo, como si no supiera si debía esperar por él o marcharse. No sé por qué se me ocurrió preguntarle algo sobre el libro que traía (creo que era algo de Skinner y sus ratas, no recuerdo bien) y de ahí pasamos a hablar de la universidad y los estudios, pero la charla se desinfló pronto, como el súbito entusiasmo de un convaleciente. Poco más tarde llegó Humberto, y cuando subió a casa estaba algo malhumorado porque su hija andaba tonteando con un melenudo que había conocido en la universidad. Debió darse cuenta de que el tema me aburría porque de inmediato se puso a hablar de fútbol.

Una noche de esas en que Humberto pasaba a visitarme, creo que fue cerca a la Navidad porque mi hermana había llamado por esas fechas para decirme que se quedaba en Los Ángeles, las cosas con Santiago inesperadamente se habían resuelto y Humberto estaba triste como un perro apaleado, una noche de ésas, digo, con demasiados whiskys encima, Humberto soltó la frasecita que desde tiempo atrás se veía venir: «Yo podría ser tu padre, muchacho». Me agarró en mal momento, caramba, porque a mí, que hasta entonces había escuchado en silencio sus largas disertaciones sobre el amor no correspondido de mi hermana y la negra ciénaga (sic) en que se había convertido su vida, no se me ocurrió otra cosa que soltarle «tú podrías ser mi suegro, más bien». Para qué le dije eso. Me miró con la brusca perplejidad del que se despierta a medianoche y no sabe bien dónde se encuentra. Creo que se le pasó la borrachera de golpe y que de golpe comprendió lo incongruente que puede ser la vida: yo había dejado de ser algo así como su proyecto de cuñado-hijo menor-confidente para convertirme de inmediato en un potencial enemigo, una bestia lasciva de quien debía preservar el honor de su hija. No replicó nada y al cabo de unos minutos de conversar de banalidades se marchó. Como yo viajé por esos días a Arequipa y él vendió la licorería, no lo volví a ver más. Bueno, hasta el día de mi boda, claro. Eso sí: Francesca estaba preciosa con su vestidito blanco.

(2000)

El Ulysses de Joyce

A Mario Suárez Simich, que ya contó esta historia antes y mejor.

Cuando terminaba de escribir la última frase de aquel documento extenso y fatigoso cuya redacción le había llevado casi dos días, Noriega suspiró satisfecho. Dejando de teclear un momento contempló a través de la ventana el perfil gótico de aquella ciudad centroeuropea cortada en dos por un río de nombre impronunciable y a la que había arribado tres años atrás. El cielo estaba oscuro y parecía poco probable que nevara. Ya iba siendo la hora de almuerzo —no necesitaba mirar el reloj, su estómago crujía con precisión milimétrica— y decidió regalarse con unos minutos previos a su hora habitual de salida para pasear antes de comer algo en su departamento y tumbarse en la cama a releer el Ulysses o sestear un rato. Apagó el computador, ordenó sus papeles con aquel esmero que era su secreto orgullo, se puso el abrigo y salió a la calle silbando un vals de Chabuca Granda. Pero mientras paseaba por esa avenida larga y de castaños pelados, Noriega vislumbró repentinamente que algo como un peso negro le oprimía el pecho y aunque al principio lo atribuyó a aquel invierno riguroso y de ventiscas cortantes, tuvo que admitir que se trataba de otra cosa mucho más profunda e importante: lo que un primer momento había interpretado como la satisfacción del trabajo cumplido era más bien una respuesta condicionada a tantos y tantos años haciendo lo mismo. La impecable formulación de aquel pensamiento lo hizo detenerse en seco y tropezar con un hombre de abrigo oscuro que gruñó algo en su idioma de acentos rígidos. Efectivamente, admitió sofocando una escaramuza de pavor, no estaba contento con lo que hacía. Sin importarle mucho la ruptura de ese orden cronométrico que despedazaba su rutina, entró al primer bar que encontró y se instaló allí con el aire esquivo de los forasteros. Acodado en la barra, bebiendo sorbitos del coñac que había pedido sin saber muy bien por qué, Noriega se abandonó a una lenta evaluación de su vida.

Desde que egresó de la escuela diplomática su trabajo había consistido invariablemente en lo mismo que acababa de terminar hacía unos minutos: redactar montañas de papeles prolijos, informes minuciosos y escrupulosamente redactados con el ignominioso destino de recibir dos o tres sellos, la firma del embajador de turno y circular efímeramente entre similares informes que otros como él elaboraban en distintas embajadas y en lenguas extrañas. Al principio, cuando todavía pensaba que un funcionario de carrera como él escalaría rápidamente posiciones en el mundo de la diplomacia, aquello lo aceptó con naturalidad y sin preocuparse demasiado. Los dos primeros años en Santiago de Chile mantuvo el ánimo y el buen talante; llegaba temprano a la oficina —era invierno y recordaba sobre todo ese friecillo arisco que le enrojecía la punta de la nariz y las manos— y soportaba bastante bien las bromas de los compañeros acerca de su puntualidad y eficacia, sobre la maniática pulcritud de su oficina, donde la sola idea de encontrar un papel fuera de su sitio parecía inconcebible; no, aquellas bromas no le importaban demasiado, y aunque en un inicio se dejó seducir livianamente por las frecuentes fiestas y recepciones, pronto acabaron por cansarle; no era muy sociable y disfrutaba más en su despacho, redactando reseñas y comunicados en los que ponía todo su esfuerzo y aplicación. El traslado a Caracas le llegó por sorpresa y casi no tuvo tiempo de percatarse de que no se trataba de ningún ascenso —como ingenuamente pensó al descorchar un excelente burdeos con Carmen la misma noche que recibió la noticia— porque nada más llegar lo mantuvieron abrumado con circulares e informes de cuyo contenido apenas se enteró. Ni siquiera tuvo tiempo de extrañar a los pocos amigos que quedaron en Santiago y que luego de mantener una correspondencia esporádica y tenuemente cordial se disolvieron con las lluvias torrenciales de aquel primer verano en Venezuela.

Los tres años que pasó en aquel país calenturiento sedimentaron en Noriega la certeza de que su vida había experimentado pocos cambios, pero lejos de entregarse a la ácida amargura en que se maceraban lentamente los compañeros que corrían igual suerte, él se hallaba a gusto, casi, casi feliz. No estaba hecho para los cambios bruscos, como le dijo una gitana que atisbó las líneas de su mano en la lejana Lima de su época de estudiante; todo en él buscaba con naturalidad un orden secreto y pacífico. Por eso también fue un alivio romper con Carmen, poco antes de casarse. Bueno, en realidad romper, lo que se dice romper, no era lo que había ocurrido; de tanto explicarlo así a los compañeros de trabajo y sobre todo a su madre —que nunca había visto con buenos ojos ese compromiso—, Noriega había terminado por escamotearse a la realidad, reacomodándola para que la desazón no lo asaltara intempestivamente. Lo de la nota algo parca y bastante fría sobre la mesita del vestíbulo y la referencia acerca del hombre de negocios panameño, lo de los casi cuatro mil dólares que faltaban en la cuenta común que ellos habían abierto tiempo atrás, eran un asunto que Noriega guardaba para sí mismo y que rescataba algunas tardes, cuando un atisbo de melancolía lo empujaba a escuchar Bach durante horas recordando con un dolor delicado a Carmen: aquella chilena de piernas hermosas que trabajaba como secretaria en la embajada y cuya sonrisa de novicia sedujo a Noriega nada más verla. Luego de algunas citas algo gazmoñas que duraron un tiempo prudente, formalizaron un romance en el que ella se reveló como una hembra demasiado agresiva y voluptuosa, poco entregada a lo doméstico, donde en cambio Noriega transitaba con un deleite de pantuflas. A ella le emborrachaban esas recepciones y cocktails a los que él acudía cada vez con menos entusiasmo y haciendo un esfuerzo mayúsculo para parecer jovial y entretenido, sobre todo cuando estaba en presencia del embajador o del agregado cultural, aunque gradualmente fue dándose cuenta de que en realidad el hecho de que asistiera o no a las recepciones a ellos les importaba un bledo, al igual que a sus demás compañeros, para quienes seguía siendo poco menos que un desconocido, como esos familiares lejanos que uno acepta sin saber muy bien en qué categoría de la confianza situarlos. En esas fatigosas noches en que Noriega navegaba extraviado de sopor y aburrimiento, entre remolinos de gente y con una copa en la mano, Carmen parecía desentenderse rápidamente de su presencia, abandonándolo a su suerte para recogerlo horas después, los ojos negros embravecidos por un disfrute cuya exacta dimensión era un misterio para él.

Fue sólo hacia el segundo año en Caracas que llegó a plantearse seriamente si acaso no estaba hecho para la vida diplomática: el trasiego de las recepciones infinitas a las que se creía obligado a asistir le suponía una angustia difícilmente soportable. Pero también era cierto, se dijo, que durante el día se entregaba al crepitante rumor de los papeles con una diligencia que algunos compañeros parecían encontrar irritante y que sus jefes agradecían con una confianza que se traducía en delegarle mayores responsabilidades, sobre todo la elaboración de protocolos y actas para las sesiones de trabajo o los informes posteriores, a los que Noriega dedicaba días y noches enteros, dejándose la piel en aquellos trabajos meticulosos que al principio le eran devueltos por resultar demasiado explícitos en temas que sus superiores juzgaban excesivamente comprometidos y que él volvía a redactar una y otra vez hasta dejarlos impecables, asépticos y neutrales.

Noriega era un hombre perseverante y poco dado a las distracciones; los sábados y domingos se entretenía releyendo el Ulysses o entregado al moderado placer que le producía el cuidado de sus rosas y claveles, a veces iba al cine o le escribía largas cartas a su madre; pocas cosas más absorbían su tiempo, de manera que con los años llegó a convertirse en un experto en aquella tarea que no resultaba nada fácil, pues pronto advirtió que el lenguaje diplomático debía deslizarse sin fisuras ni relieves a través de circunloquios y frases elegantemente ambiguas que no comprometieran en ningún momento la buena marcha de las misiones encomendadas. Dedicándole tardes enteras, pronto fue capaz de resumir sesiones de trabajo íntegras a las que acudía con el embajador y las comisiones formadas para el caso. De impecable terno azul y camisa blanca, mimetizado entre tantos otros como él, Noriega se hacía una rápida composición de aquellas reuniones y ya se imaginaba la redacción esterilizada e inocua a que sometería los temas más candentes nada más llegar a su despacho. En realidad poco le importaba la escasa vida social que llevaba, lo que al parecer era también un alivio para sus compañeros que se impacientaban cada vez que tropezaban con él en los pasillos de la embajada o coincidían en el bar y se veían obligados a intercambiar unas frases banales. Para ellos Noriega era uno de esos tipos incapaces de captar una broma a la primera o acceder a las menudas charlas frente a una copa sin intercalar, cada dos por tres, una frase ripiosa y demorada que sutilmente los hacía resbalar hacia el trabajo.

El traslado a Barcelona llegó justo en el momento en que consideraba cumplido su aprendizaje, y sin embargo la tarde en que el propio embajador Huamán lo llamó a su despacho para comunicarle la noticia, se sintió abrumado. El embajador, un cholo gordo y untuoso como un prelado, sonrió paternal, le dio unas palmadas afectuosas en la espalda y atribuyó su silencio a la emoción que parecía embargarlo. Noriega lo escuchaba hablar acerca de lo que aquello significaba en su carrera y las gestiones que él personalmente había realizado para que el traslado se hiciera cuanto antes —después de todo lleva tres años aquí, le dijo, ya es hora de promocionarlo, mi querido Noriega—, pero él era incapaz de concentrarse en sus palabras: la simple perspectiva de desmontar su vida en el departamentito de Las Mercedes abandonando sus rosas y claveles le aflojaba el estómago y le hacía sudar las manos. Salió de la oficina aturdido, ligeramente mareado por el whisky que en algún momento el embajador había puesto en sus manos para hacer un brindis y que él se bebió de un golpe sin atinar a decir nada. Esa misma noche decidió llamar a su madre para saber su opinión —después de todo aún estaba a tiempo para mover algunas vagas influencias y así evitar el traslado—, pero ella se limitó a decirle que comprara suficientes camisetas de franela porque el invierno húmedo de Barcelona podía enfermarlo de los bronquios, y que sobre todo no se olvidara de saludar a su tío Joaquín que vivía en Hospitalet. Así, al día siguiente de una floja despedida que le organizó la gente del trabajo en un restaurante chino de Caracas, y de la que en el último minuto se excusaron tanto el agregado cultural como el propio Huamán —además de varios compañeros—, Noriega partió hacia Barcelona con la confusa idea de que iniciaba una nueva vida. Saber que en aquel piso de Infanta Carlota 66, donde se instaló nada más llegar, había vivido el escritor Bryce Echenique no lo inmutó, para desencanto de Vidal, que lo había ido a recibir al aeropuerto y luego de presentarse como su adjunto y servidor de usted para lo que necesite, señor Noriega, se ofreció a mostrarle la ciudad y sus encantos.

Ahora, mientras apuraba una segunda copa de coñac que se le iba ramificando dulcemente por el cuerpo, dotándolo de una lucidez casi dolorosa, Noriega no advertía ninguna diferencia entre esta tarde triste y plomiza de la Europa eslava y esos primeros días en Barcelona, entregado a la confección de mil informes solicitados directamente por el Cónsul General, un ex militar vanidoso y áspero que no dominaba los entresijos de la diplomacia y que tenía a Noriega engatillado a punta de gritos. De Barcelona derivó sin aspavientos a otras plazas con la vaga certidumbre de que se enterraría entre los papeles de oscuras oficinas diplomáticas ideadas para hombres como él, sin mayores ambiciones que el primor de las rosas y claveles, las lecturas sosegadas y los largos paseos solitarios, gracias a los cuales cobraba una leve conciencia de las ciudades donde era destinado y con las que mantenía una relación fenicia y desapegada. No era viejo y sin embargo consideraba que el amor se había secado como esa rosa olvidada por Carmen y que él encontró entre las páginas de un libro haciendo una de sus tantas mudanzas. Los fugaces encuentros venales a los que se entregaba con higiénica precisión eran suficientes para sofocar sus adormecidos instintos. El trabajo era todo para él.

No, en realidad desde los lejanos años en Santiago nada había cambiado, excepto que ahora, gracias quizá al coñac que bebía sin prisas, indiferente al destrozo de su rutina precisa, de pronto se daba cuenta de lo terrible que resultaba asomarse a la épica desmesura de tantos años redactando documentos inútiles. Hombre poco dado a los arrebatos, convino que era imposible dar marcha atrás, rebelarse, intentar modificar el cauce de su labor. Pidió un paquete de cigarrillos —él, que rara vez se permitía un pitillo en la sobremesa de los domingos— y otra copa de coñac. Después de vaciarla de un largo trago ardiente y beatífico se entregó a una larga cavilación.

Ya era bastante tarde cuando salió de aquel bar, erguido dignamente y procurando no dar traspiés. Había empezado a nevar y las calles estaban desiertas, pero en los ojos de Noriega brillaba una extraña luz; unas horas en aquel bar le habían bastado para comprender la real valía de su trabajo, lo tonto que había sido al desdeñarlo dejándose ganar por la sombra de un falso temor. En el taxi que lo llevaba a su casa, observando por los cristales empañados aquella ciudad muerta, Noriega se admiraba de lo mucho que había tardado en darse cuenta que sus redacciones copiosas y pulcras eran un fin en sí mismo, que todos estos años había estado entregado, sin saberlo, a una labor que rozaba la perfección estética, y él, ignorante dueño de las claves secretas, sumo sacerdote de un rito eléutico, por fin encontraba su verdadero sentido. Esa noche durmió intranquilo, ansioso por comenzar una jornada radicalmente distinta a cuantas había vivido.

A la mañana siguiente llegó a su oficina cuando sólo se encontraba la señora de la limpieza. Le dio los buenos días con una cordialidad juvenil que extrañó a la mujer y se entregó inmediatamente a su trabajo, sólo que ahora no veía ante sí aquellos legajos insípidos y sofocantes a los que hasta ese momento se había dedicado a través de su alto sentido del deber sino la materia bruta en la que plasmaría su gran obra. El plan era admirablemente sencillo, tanto que a Noriega le entraban escalofríos de sólo pensarlo: no decir nada. Si hasta ahora se había preocupado por redactar de manera convincente y aséptica sus informes, desde hoy procuraría que éstos no contuvieran en sí nada más que el andamiaje abstracto de las palabras. Después de todo, la verdadera línea de flotación del ejercicio diplomático, aquello que lo devolvía a su noble función esencial, consistía en el montaje de ese etéreo ballet de palabras inocuas y cardenalicias que posibilitaban la buena relación de los Estados.

Revisando antiguos documentos comprendió qué cantidad de ideas había dejado filtrar en esos papeles en los que la falta de un objetivo primordial les confería una robustez odiosa. Hacia el mediodía, exhausto y hambriento, se percató de la dificultad que entrañaba su empresa, pero lejos de arredrarlo aquello le dio más fuerzas. Pidió al *office boy* que le llevara un sándwich y una copa de vino y luego de ese austero refrigerio continuó lenta, obstinadamente, luchando con las palabras. A las ocho de la noche tenía apenas tres páginas de un informe acerca de cierto incremento presupuestario que era menester enviar a Lima y que le había solicitado el propio embajador Hartmann para el lunes de la semana entrante. Ofuscado, presa de una agitación desconocida hasta entonces, Noriega prosiguió batallando con el documento durante horas. Cuando terminó las primeras diez páginas —aún le faltaban otras diez— en el campanario de una iglesia inubicua daban las dos de la mañana. Salió de su despacho tambaleándose, los ojos enrojecidos y la boca amarga a causa de los cigarrillos que había fumado sin tregua. Sin embargo, una alegría animal se había apoderado de él. Esa noche se deslizó en las aguas turbulentas de un sueño intranquilo, pero a las ocho en punto del día siguiente ya estaba otra vez frente a la pantalla de su computadora. Releyendo lo escrito la tarde anterior, Noriega descubrió algunos fallos, pequeñas ideas que se filtraban como impurezas en aquellas diez páginas donde no obstante apenas se vislumbraba un leit motiv, un algo inasible que sostenía delicadamente su lectura. A la hora del almuerzo pidió un sándwich que mordisqueó sin apetito, una copa de vino que secó de un trago y un paquete de cigarrillos que le alcanzó hasta la madrugada, cuando abandonó el despacho agotado pero feliz, sin importarle que por primera vez en su vida dejaba un estropicio desconcertante en su escritorio: ya había descubierto cuáles eran las fallas, por qué se metían de contrabando aquellos retazos de ideas en su texto prolijo. Corregirlas y avanzar con mayor precisión fue sólo cuestión de días.

El lunes de la semana siguiente el embajador Hartmann tenía sobre su mesa las veinte páginas impresas y listas para enviar a Lima. Noriega había invertido prácticamente todo el sábado y gran parte del domingo; estaba ojeroso y tenía las facciones afiladas por el desvelo, pero no podía ocultar su excitación. Durante tres días fue incapaz de concentrarse en su trabajo, a cada momento se acercaba a la Secretaría para saber si había llegado la respuesta de Lima, daba vueltas por la oficina del embajador esperando que lo llamara, que le dijese algo. Por fin, cerca del mediodía del viernes y después de haber acudido al bar cercano para tomarse un whisky, un compañero le dijo que el embajador lo requería en su despacho. Éste le dirigió una mirada suspicaz y lo invitó a sentarse. Todavía tardó unos minutos eternos sumergido en sus documentos antes de carraspear, calándose los lentes Truman con gesto enérgico: tenía que felicitarlo, Noriega, dijo al fin, el informe había resultado no sólo impecable sino efectivo; Relaciones Exteriores, en contra de lo habitual, había respondido casi de inmediato. Que siguiera así, añadió, y pronto lograría ascender un peldaño más en su carrera. En vista de que Noriega, anonadado por aquellas frases, no se movía de su asiento, el embajador hizo el amago de levantarse, dando por concluida la entrevista: a Hartmann le molestaba, sin saber exactamente por qué, aquel hombrecillo grisáceo que apenas acudía a las recepciones y que ahora se precipitaba a estrecharle la mano con una efusividad grotesca y melosa.

Para Noriega aquel viernes fue memorable: marcaba el comienzo de una nueva y brillante etapa en su vida. Que los ascensos los obtuviera otro; él estaba más que satisfecho con su labor, de la que sin embargo sabía que se encontraba aún en sus inicios. Era menester no bajar la guardia y continuar trabajando infatigablemente, con la paciencia propia de un alquimista, de un demiurgo, hasta conseguir la meta propuesta. Siguieron unos meses enfebrecidos y extenuantes en que Noriega se entregó con una pasión irredenta a sus informes. Desde las siete de la mañana —había descubierto que a esa hora trabajaba mejor, pues tenía la embajada para él solo hasta las nueve, cuando empezaban a llegar los otros funcionarios— hasta cerca de las diez de la noche, intoxicado de cigarrillos y café, hilvanaba sin descanso los textos que encontraba en su oficina, y el día en que Madariaga entró con cara de velorio a su despacho para pedirle por favor que lo ayudara con unos documentos solicitados para la Cancillería, Noriega no se hizo de rogar. Pronto se corrió la voz acerca de su excelente espíritu de colaboración y los demás compañeros —que hasta ese momento apenas si habían reparado en su presencia— se apresuraron a encomendarle tareas similares. Algo extrañados por las evasivas de Noriega para aceptarles una copa en el bar o una invitación a cenar, pronto se olvidaron de aquellas muestras de consideración a las que se creían obligados, se encogieron de hombros y se limitaron a dejar los trabajos en su oficina. Pero Noriega no tenía tiempo para preocuparse por la opinión que generaba su actitud; que aquellos insignificantes funcionarios de pacotilla pensaran que era un tarado —como sabía que lo llamaban a sus espaldas— lo traía sin cuidado: varias semanas atrás había empezado a diseñar un sistema de trabajo que perfeccionaría sus redacciones hasta límites inverosímiles y a ello se entregaba sin descanso en sus horas libres. Los claveles y las rosas se habían marchitado tiempo atrás sin que él lo notara y su madre protestaba en cada vez más frecuentes cartas sobre su súbito mutismo y quería saber si se encontraba enfermo. La noche que la llamó para tranquilizarla conversó con ella de dulces naderías, pero casi al final de aquella charla, y luego de un silencio embarazoso, su madre le preguntó ásperamente que qué le pasaba, lo notaba extraño, desatento y algo confuso. Noriega hizo un esfuerzo para explicarle que se encontraba bien y cortó la comunicación ligeramente fastidiado. Le molestaban esas estúpidas distracciones; su mente estaba por completo ocupada en el proyecto más importante que jamás se le había presentado: en un par de meses Hartmann asistiría a Nueva York como representante de distintas embajadas peruanas en Europa; lo habían elegido a él, le dijo a Noriega, no sólo por ser el decano de los embajadores, sino por la eficiente labor que venía desempeñando en el cargo actual. En síntesis, debía llevar un amplio informe sobre diversas actividades cuyo sentido explicó durante una hora y cuarenta y cinco minutos en que Noriega, simulando tomar notas, sólo pensaba en una frase: se trataba de un documento extensísimo, de más de quinientas páginas. Cuando mencionó que Madariaga y otros dos funcionarios lo ayudarían en la confección de aquel informe, Noriega tuvo que contener un violento impulso de gritar que no, y con la voz más neutra que pudo dijo que él solo podía encargarse del trabajo, sus compañeros estaban saturados con otras ocupaciones. En realidad le llevó casi diez minutos decirlo, sobre todo a causa de las continuas interrupciones del embajador que lo instaba a concretar, Noriega, por favor. Al final, cansado de escuchar los circunloquios de su subalterno, Hartmann accedió fastidiado y le entregó varias carpetas con la documentación necesaria para que empezara cuanto antes.

Durante días y noches que se sucedían sin solución de continuidad, Noriega se dedicó a lo que consideraba la opus magna de su carrera. Sumergido hasta el cuello entre aquellos legajos que provenían de Amsterdam, París, Bruselas, Milán y otras ciudades europeas, tecleó sin respiro en su ordenador veinte horas diarias. La mujer de la limpieza encontraba cada mañana el cenicero atestado de colillas y vasitos descartables desparramados en el minúsculo despacho adonde arribaba Noriega como un huracán, sin rasurar, los ojos brillantes y hundidos y los pómulos cincelados por una avidez siniestra; los compañeros comentaban el gradual desaliño de aquel compañero hosco y reconcentrado, el abandono paulatino de sus trajes y lo mucho que había enflaquecido en poco menos de un año, pero Noriega ya no tenía capacidad para concentrar sus energías más que en su trabajo. Las cartas de su madre se apilaban en el velador atiborrado de cigarrillos y vasos sucios, y en todas ellas la mujer hablaba cada vez con más insistencia de lo imposible que resultaba entender las esporádicas contestaciones de su hijo; no se trataba de su caligrafía, que siempre había sido cuidadosa y envarada —acaso ahora más avara—, sino más bien de la absoluta ausencia de ideas que había en ellas. En su última carta, por ejemplo, explicaba su madre, en más de quince páginas apenas si había logrado rescatar confusamente que se encontraba bien y que estaba terminando un trabajo importante. Noriega leyó por encima la carta, la arrugó sin remordimientos y continuó trabajando como todos los días, hasta bien entrada el alba. Por aquel entonces había empezado a consumir anfetaminas cuyo efecto potenciaba con grandes sorbos de whisky, aunque en los últimos meses un ardor rabioso empezaba a carcomerle el estómago.

Por fin llegó el día en que terminó el informe para el embajador. En las seiscientas treinta y dos páginas que había redactado apenas si encontró cuatro o cinco planteamientos cuya posición en el texto nada tenían que ver con el azar o con la imposibilidad de reducirlos hasta lo incorpóreo; antes bien se trataba de los pilares hábilmente dispuestos en que Noriega sustentaba la genialidad del pesado volumen que entregó a Hartmann una espléndida tarde otoñal, pocos días antes de que éste partiera a Nueva York. Cuando vio alejarse el auto del embajador por la avenida de los castaños pelados, Noriega experimentó una lenta sensación de orfandad y vacío: su trabajo estaba cumplido, y en la oficina no había más que un par de documentos a los que no les encontró mucho que explotar. Además, Hartmann le había dicho —más bien se lo ordenó tajantemente— que se tomara el resto del día libre. Sin saber muy bien qué hacer, decidió ir a beberse una copa con los compañeros que desde su ventana veía charlando despreocupadamente en el bar. A la media hora se fue de allí ofuscado, dejándolos perplejos frente a sus jarras de cerveza, pues nadie fue capaz de entenderle una sola frase. Algo similar le ocurrió en el supermercado donde una rubia cajera estuvo quince larguísimos minutos intentando entender las frases inconexas de ese extranjero que pronunciaba impecablemente su idioma y que sin embargo parecía incapaz de expresarse con inteligencia. La joven le dedicó la mirada que se dirige a los deficientes mentales y con una sonrisa dulce pero firme se negó a venderle las dos botellas de Chianti que él quería. Un par de minutos intentando hablar con el encargado —que se acercó al oír la discusión— le fueron suficientes a Noriega para comprender que no lograría nada y se marchó de allí más confuso que humillado. No se dejó sin embargo acorralar por el temor y atribuyó aquella dificultad por dejarse entender a un exceso de trabajo, nada que un buen descanso y dos somníferos no pudieran solucionar.

Esa misma noche, dando vueltas ociosas por su departamento antes de buscar sin mucha convicción los vestigios del placer olvidado que le proporcionaba la lectura del Ulysses, Noriega sufrió un repentino y violento dolor en el estómago que lo dobló en dos. Acababa de salir de la ducha y se encontraba en la mecedora, envuelto en su bata y hojeando con desgano una traducción al italiano de Joyce que comprara en un mercadillo de Venecia. El dolor cesó tan bruscamente como había aparecido, por lo que le restó importancia y continuó avanzando por las páginas del libro sin enterarse de mucho, de manera que decidió acostarse temprano, después de meses de no hacerlo. A medianoche despertó cubierto en sudor y aullando por la brasa ardiente que le consumía las entrañas. Haciendo un esfuerzo supremo discó el número de emergencias y cuando escuchó la voz eficiente e impersonal de la mujer que le preguntaba sus datos, Noriega fue incapaz de explicar que se moría y que por favor enviaran una ambulancia. El dolor había remitido brevemente y él, alarmado y consciente de que volvería a atacarlo, se esforzó en contestar con calma a las preguntas que le formulaban. No pudo siquiera explicar que era un funcionario de la embajada peruana y le llevó varios minutos decir su edad y su dirección. Al final la mujer lo interrumpió fastidiada antes de advertirle que ése era un número para emergencias y no para hacer bromas absurdas. Descorazonado, sollozando de dolor e impotencia, Noriega pasó una noche apocalíptica en la que creyó entrever el pavoroso acceso a los infiernos. Al fin, cuando ya el sol estaba alto en el cielo y los ruidos de la calle ascendían hasta su piso, cedió a un sueño intermitente y pesaroso.

Esa misma mañana, vacilante y envejecido, tomó un taxi al que le tuvo que indicar casi por señas adónde iba, y se dirigió al primer médico que encontró en las páginas amarillas. Ante la imposibilidad de explicarle claramente lo que le ocurría, Noriega fingió que el dolor no lo dejaba hablar, aunque en realidad tampoco hacía mucha falta: era evidente, bufó el doctor, se trataba de una úlcera duodenal; no se explicaba cómo Noriega no se había hecho ver antes. Le dio la receta y él se limitó a mostrarla en la farmacia de la esquina. Cuando llamó a la oficina para comunicar que no iría porque se encontraba enfermo tuvo que colgar brutalmente, enfurecido consigo mismo, luego de quince atroces minutos en que no bastó todo su rigor para poder expresar una mínima idea a la desconcertada secretaria. En su último y desesperado intento por comunicarse con el mundo —había hecho breves e infructuosas incursiones buscando entablar cualquier mínima conversación con el portero del edificio y con el encargado del bar cercano, pero ninguno de los dos dio muestras de entenderlo— Noriega se abocó a la redacción de una extensa carta donde intentaba explicar lo que le ocurría. Una apabullante sensación de naufragio lo había ganado del todo, acaso porque presentía haber traspasado la tenue línea que iba más allá del arrepentimiento o la expiación. La madrugada del sábado, tres días después de hablar con la secretaria de la embajada, Noriega selló la carta dirigida al embajador, la dejó cuidadosamente junto a su computador, se puso su mejor traje y se disparó un tiro en la sien. Lo encontraron recién el miércoles, cuando el casero, extrañado de no verlo aparecer en varios días, llamó a la policía. Estaba tumbado en la cama y en la diestra crispada aún tenía el revólver. Cuando los periodistas se abalanzaron en tropel sobre Hartmann para preguntarle cuáles fueron los móviles del suicidio, qué decía aquella carta, éste resopló con una expresión de absoluto desamparo y en medio de aquel silencio de micrófonos y flashes dijo:

—Nada, señores, la carta no decía nada.

(1999)

Otras novelas del autor en Alfaguara:

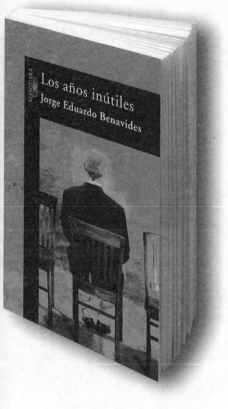

LOS AÑOS INÚTILES

EL AÑO QUE
ROMPÍ CONTIGO

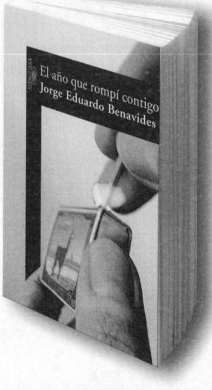